오로라 2-241

오로라 2-241

한수영 지음

바람의아이들

차례

토르월드   7

2023년 화양   27

다시, 토르월드   251

다시, 화양   271

작가의 말   276

토르월드

"끝내주는데!"

환한 불꽃 하나가 토르월드의 밤하늘을 조용히 가로질렀다. 곧
웅장한 음악을 배경으로 어둠 속에서 황금빛 토르어 글자들이 돋
아났다.

날씨를 팝니다

별처럼 타오르는 그 문구를 신호로 드디어 불꽃 극장의 막이 올
랐다. 토르와 토르월드의 신화를 보여 주는 불꽃 드라마가 시작
되고 있었다. 숨죽여 기다리던 사람들 사이에서 함성이 터져 나왔
다. 토르월드의 테라스란 테라스는 축제의 하이라이트를 보러 나

온 사람들로 꽉 차 있었다. 버드도 부모님과 함께 테라스에 나와 있었다.

"정말 끝내줘요."

버드는 불꽃에서 눈을 떼지 못한 채 중얼거렸다. 우주의 모든 색깔이 토르월드의 하늘에서 터져 오르고 있었다. 올해는 토르월드 이주 30주년이 되는 해라 그 어느 때보다 더 화려했다.

"으으, 지겨워……. 저 드라마는 시작도 늘 똑같아."

집안일을 맡아 하는 헬퍼봇들은 투덜거리며 숙소로 들어가 버렸다.

"그러게, 우리가 이렇게 다르네. 난 봐도 봐도 안 질리거든."

버드는 헬퍼봇 뒤에 대고 비아냥거려 주었다. 토르와 토르월드 이상의 신화는 없으니까. 버드는 그것도 모르는 헬퍼봇들이 안타까웠다. 동시에 AI봇의 유일한 단점을 발견한 것 같아 기분이 괜찮았다. 이제 테라스에는 오롯이 버드 가족만 남았다.

"꾕장하긴 하구나."

엄마가 밤하늘을 올려다보며 말했다.

불꽃에 잠깐 엄마 표정이 드러났다. 말과 달리 심드렁한 표정이었다. 그 옆 아빠 표정은 더했다. 버드와 아빠 눈이 마주쳤다. 얼른 피해야 했는데 한발 늦었다.

"버드…… 그 생각 아직 그대로인 거야?"

아빠가 주저하며 물었다. 휴, 이 멋진 드라마 아래서 또 그 얘기라니.

"토르월드! 멈추지 않는 항해!"

버드는 대답 대신 홀로그램 자막을 큰 소리로 읽었다. '항해'를 발음할 때는 두 팔을 위로 쭉 펼치기까지 했다. 지금 이 순간만은 불꽃 드라마에 집중하고 싶었다. 단짝인 워킹 말대로 불꽃 드라마에는 사람들이 미칠 만한 뭔가가 있었다. 아빠 눈에는 그게 안 보이는 걸까?

드라마는 토르사의 초창기 시절 모습을 보여 주고 있었다. 토르사에서 만든 날씨를 사기 위해 길게 줄을 선 지구인들의 모습이 보였다. 몇 십 년 전일 뿐인데도 지구인들은 구석기인들처럼 굼떠 보였다. 날씨를 구매하지 못해, 구매했다 해도 그 대금을 치르지 못해 파산한 사람들이 늘어 갔다. 굶주린 사람들이 무리 지어 떠돌았다. 진딧물로 뒤덮인 딸기 한 알을, 걸쭉한 바닷물에 떠오른 썩은 청어 한 마리를 서로 차지하려 살인하는 장면도 나왔다. 곳곳의 크고 작은 전쟁이 부스럼처럼 지구를 덮어 버렸다.

"버드, 한 번만 다시 생각해 보면 어떨까?"

휴. 북극의 마지막 빙하가 무너져 내리는 장면이 막 펼쳐지던 참이었다. 버드는 아빠를 흘깃 쳐다보고는 고개를 돌려 버렸다. 가족 전체를 위기에 빠뜨리고도 저런 말이 나올까?

토르월드에서는 일하지 않아도 누구나 풍족하게 살아간다. 그냥 즐기면 된다. 온종일 침대에서 뒹굴든, 인공 파도가 밀려오는 백사장에서 뒹굴든 자유다. 그것도 귀찮으면 그냥 숨만 쉬어도 된다. 그마저 귀찮으면 어쩔 수 없지만. 대신 딱 하나, 그것만 하지 않으면 된다. '사냥' 작업을 비판하는 것. 하필 아빠가 딱 하나 한 게 그거였다. 그것도 토르사의 책임 연구원이던 아빠가. 그러니 연구실에서 쫓겨난 건 당연했다.

"백번 생각해도 마찬가지예요."

버드는 토르어로 소리치고 싶은 걸 겨우 참았다. 집에서는 부모님의 모국어인 한국어를 쓰는 게 규칙이었다. 괜한 걸로 부모님에게 상처 주고 싶지 않았다. 어쨌든 부모님은 구석에 몰린 상태니까.

주변 테라스 여기저기서 탄식이 터졌다. 높아진 해수면에 수만 개의 섬과 해안 도시들이 잠기는 장면이 나오고 있었다. 오래전 지구에서 벌어진 일이지만 버드도 그 광경을 볼 때마다 한숨이 나왔다. 하지만 어느새 탄식은 탄성으로 바뀌고 있었다. 이곳이 지구가 아니라 토르월드라는 사실이 모두를 감동시킨 것이다. 휘파람과 환호로 테라스들이 부서져 나가는 듯했다. 버드네 테라스만 빼고.

"엄마 아빠 저곳이 그리울지 모르지만 난 여기 토르월드에서 태어났어요. 여기가 내 집이라고요."

버드는 검은 하늘 너머 지구 쪽을 흘깃 바라보며 말했다. 30년

전, 극소수의 지구인들만이 토르월드로 이주해 올 수 있었다. 엄마와 아빠도 운 좋은 극소수에 속했다. 그래 놓고 이제 와서 왜?

"우리가 여기서 계속 살려면 내가 그 학교에 가야만 해요. 아빠가 망쳐 놓은 걸 수습하려면 그 방법밖에 없다구요!"

아차, 싶었지만 이미 말을 해 버린 뒤였다.

버드는 생각할수록 화가 났다. 내일로 다가온 자신의 토르사관학교 입학을 아빠가 이렇게까지 반대하다니. 도대체 아빠한테 그럴 자격이 있나? 사관학교에서 '사냥' 기술을 배워 졸업한 뒤 지구에서 목표량을 채우면 버드는 정식으로 토르사 직원이 된다. 그럼 가족 모두 토르월드에서 마음 놓고 살 수 있게 된다. 지금처럼 아슬아슬하게 사는 게 아니라.

"버드!"

엄마가 요즈음 집안 분위기를 대표하는 표정으로 바라보았다. 눈가엔 두려움, 입가엔 억지 미소. 침묵. 불꽃이 터져 오르는 소리. 더 무거워진 침묵.

"우리가 토르사 연구실에서 밤낮없이 일했던 건, 우리가 만든 날씨가 지구를 회복시키는 데 조금이라도 도움이 된다고 믿었기 때문이야."

아빠가 가라앉은 목소리로 중얼거렸다.

"한동안은 도움이 된 듯도 했지. 그래서 더 죽어라 매달렸어. 하지만 토르는 어디 쓰일지 묻지도 않고 날씨를 팔아 대고 있었어. 우리가 그 사실을 알았을 때는 너무 늦어 버렸고. 한 번은 의심했어야 하는데…… 토르를 의심하지 않은 게 잘못이었어."

아빠 옆모습이 쓸쓸해 보였다. 그래서 버드는 더 화가 났다.

"망가져 버린 날씨 시스템에선 누구라도 날씨를 만들어 팔았을 거예요. 누구라도! 토르는 한발 빨랐던 것뿐이에요. 그게 잘못인가요?"

버드가 이번에는 토르어로 말했다.

"그 한 발을 지옥 쪽으로 내딛었지. 토르는 자기 욕심만 채우려는 정치인들, 장사꾼들과 결탁했어. 남미의 한 정치인이 살인적인 폭염을 주문했어. 더위에 지친 국민들이 거리로 쏟아져 나왔지. 폭동이 일어나고, 대통령은 달아나고, 법은 사라졌지. 토르랑 결탁한 그 정치인이 대통령 자리를 차지했어. 일본의 어느 해운회사 얘기 해 볼까? 거긴 초대형 허리케인을 주문했지. 주문서의 잉크가 마르기도 전에 그 회사 유조선 한 척이 마다가스카르 해역에서 뒤집혔어. 검고 찐득한 기름이 바다를 뒤덮었지. 바다가 화염에 타들어가는 동안 회사는 천문학적인 보험금을 챙겼어. 그 보험금의 반이 토르 계좌로 흘러 들어왔어. 윈윈 게임. 모든 거래는 극비로 이루어졌어. 토르가 부르는 게 값이었지."

"어떻든 부모님이 일한 회사예요."

"그랬지. 우리가 열정을 바쳐 연구한 것이 그런 피 묻은 돈에 팔려 갈 거라고 의심하지 않았어. 우리 책임이야."

버드는 아빠가 그렇게 쉽게 인정하는 게 못마땅했다. 같은 생각이라는 표정의 엄마도 미웠다.

"설마 그 가짜 뉴스도 믿는 건 아니죠?"

버드는 빈정거렸다.

지구 북극의 스발바르 섬에 있던 '국제 종자 저장고' 폭파를 토르가 지시했다는 가짜 뉴스였다. 오래전 지구에서 벌어진 일이 왜 갑자기 뉴스거리가 된 건지 알 수 없지만, 한동안 토르월드 전체가 그 뉴스로 시끄러웠다. 사관학교 시험 준비를 하느라 읽게 된 『토르의 우주』만 아니었으면 버드는 관심도 없었을 거였다. 그 책에는 저장고 파괴가 북극 빙하의 소행이라고 분명하게 나와 있었다.

"사실일 거다."

아빠는 북극 바다에 빠지기라도 한 것처럼 얼어붙은 표정이었다.

"토르의 마지막 목표는 씨앗이었어. 모든 식물의 씨앗을 손에 넣는 것. 그게 지구를 차지하는 방법이라는 걸 알았으니까. 날씨를 판 피 묻은 돈으로 종자를 모으기 시작했어. 그러니 전 세계 씨앗들이 저장되어 있는 국제 저장고는 눈엣가시였지. 토르가 그걸 폭파시켜 버린 거야. 그러곤 토르사 벙커에 저장해 둔 씨앗을 풀었지. 유전자 수조에 담겼다 나온 토르사 씨앗 제품들이 지구의 숲과 들을 장악해 갔어. 사람들은 날씨뿐 아니라 씨앗까지도 토르사 걸쓸 수밖에 없게 된 거야.”

버드는 픽 웃고 말았다. 파렴치한 날씨 판매에 이젠 씨앗 전쟁까지. 아빠가 점점 이상해지고 있었다.

“아직 증거가 나온 건 아니잖아.”

엄마가 한숨을 쉬며 말했다.

“그게 토르의 방식이야. 무슨 일에도 증거를 남기지 않아. 정적들을 제거할 때도…….”

“그런 얘긴 안 했으면 해.”

엄마가 버드의 표정을 살피며 아빠 말을 중단시켰다. 엄마 표정에 두려움이 담겨 있었다. 하지만 뭐, 버드도 알고 있는 이야기였다. 오래전, 지구의 알프스 지역이 고급 휴양지였던 시절의 이야기다(지금이야 만년설이 모두 녹아 바윗덩어리만 남아 있을 뿐이지만).

토르의 지시를 받은 드론봇들이 알프스의 휴양지로 급파되었다. 그곳에서 휴가를 보내고 있는 넘버 투를 제거하기 위해서였다. 드론봇들은 넘버 투가 머문 호텔을 얼음안개로 감싸 버린다. 안개의 정체를 알아챈 넘버 투는 물에 빠진 사람처럼 숨을 참는다. 더 참지 못하게 되었을 때, 체념하며 숨을 들이마신다. 빨려 들어온 얼음안개가 기관지와 폐를 갈가리 찢는다. 넘버 투의 숨이 끊어지고 얼음안개는 햇빛에 녹아 사라져 버린다. 아무런 증거도 남지 않는다. 그걸로 끝.

"버드, 어떤 실수는 돌이킬 틈도 없이 곧장 실패로 이어져. 아빠와 난 그게 두려운 거야. 버드 네가 우리처럼 그런 실수를 하게 될까 봐."

엄마가 애써 미소를 지으며 버드를 바라보았다.

후우. 축제 하이라이트 도중에, 그것도 사관학교 입학 전야에 이런 우울한 대화라니. 사관학교 입학이 왜 실수지? 남들은 가고 싶어도 못 가는 학교인데. 더군다나 토르월드인이 되는 가장 확실한 방법인데.

"아빠의 실수를 돌이킬 다른 방법이 없잖아요!"

불꽃쇼는 마지막을 향해 달려가고 있었다. 버드는 더 지켜볼 마음이 들지 않았다. 부모님도 그런 것 같았다. 그런데도 모두 멍하니 서서 불꽃을 바라보고 있었다.

불꽃놀이의 마지막은 언제나 토르사의 위대한 로고가 장식했다. 밤하늘에 내리꽂히는 번개 모양의 불꽃. 그 위로 수만 개의 씨앗 모양 불꽃이 흩어졌다. 불꽃에 저 멀리 마천루가 잠깐 드러났다. 토르가 살고 있다는 곳이다. 언제나 그렇듯 마천루는 특수한 기능의 방호 안개에 싸여 있었다. 저 안개 뒤에서 토르도 불꽃놀이를 지켜보고 있겠지?

다시 보았을 때, 마천루는 완벽한 어둠에 싸여 있었다.

버드는 방에 들어오자마자 침대로 몸을 날렸다. 이런 기분인 입학생은 자기뿐일 거였다.

"워킹도 날 부러워했다고."

버드는 머리맡의 젠에게 투덜댔다. 다른 헬퍼봇들은 아래층 숙소에서 쉬고 있지만 젠은 버드가 잠들 때까지 옆에 있어 준다.

"그럼, 그럼. 와! 토르월드 사관학교라니. 버드, 네가 자랑스러워."

젠이 부추겨 주었다. 버드 마음이 조금 풀렸다.

토르사관학교는 '헌터'를 길러 내는 학교다. 헌터만이 '사냥' 작업을 할 수 있다. 날씨 대금을 갚지 못한 지구인들의 땅과 재산을 거둬들이는 일 말이다. 부모님은 사냥이 악랄하고 잔인한 일이라고 여긴다. 때문에 버드의 사관학교 진학을 반대하는 것이다.

버드의 생각은 다르다. 날씨를 구입하는 사람들은 자신의 손으로 계약서에 서명했다. 농사짓기에, 그물을 던지기에, 집을 짓기에, 공장을 돌리기에, 비행기를 띄우기에 필요한 날씨를 구입하지 않으면 아무것도 할 수 없게 되어 버린 건 그들 사정이다. 날씨를 구입하고 돈을 지불하지 못하면 다른 걸로라도 갚아야 한다. 땅이든 뭐든. 그게 왜 잔인하다는 거지? 공정한 거 아닌가?

“제제, 그들한테는 기회가 있었어. 지구가 끝장나기 전에 그걸 멈출 몇 번의 기회가 있었다고.”

“있었다고!”

젠이 날아갈 듯한 목소리로 버드의 말을 따라 했다. 젠은 ‘제제’ 라는 애칭으로 불리는 걸 좋아했다.

“그 기회를 놓친 건 그들이라고!”

“그들이라고!”

한동안은 헌터봇들이 사냥 작업을 맡아 했다. 하지만 얼마 못 가 로봇들은 그 일을 맡지 않겠다고 선언했다. 로봇으로서도 차마 눈뜨고 볼 수 없을 만큼 지구인들의 처지가 비참하다는 거였다. 로봇을 대신해 누군가가 그 일을 해야 했다. 토르사관학교가 필요한 이유였다. 생도들은 흔들림 없이 사냥하는 법을 배운다. 로봇도 포기한 작업을 하기 위한 최강의 훈련을 받는 것이다. 토르월드 최고의 일꾼은 아무나 되는 것이 아니다.

“후, 꿀꿀한 기분을 날려 줄 뭐 짜릿한 거 없을까?”

버드 말이 떨어지자마자 젠이 홀로그램 책을 띄워 주었다. 『토르의 우주』. 백만 번쯤 읽은 책이었다. 그중에서도 버드가 제일 좋아하는 스발바르 섬의 붕괴 장면이 펼쳐졌다. 스발바르 섬의 국제 종자 저장고에 있던 씨앗들이 얼음바다 속으로 가라앉는 장면을 읽다 보면 버드 자신도 가라앉는 것처럼 오싹해지곤 한다. 하지만 다음과 같은 구절 때문에 짜릿한 기분으로 물살을 헤치고 떠오르게 된다.

누군가는 그 사건이 지구의 운명을 바꾼 결정적이고 비극적인 사건이라고 말한다. 하지만 누군가는 그 비극의 틈새를 뚫고 올라온다. 토르.

토르가 그곳을 파괴했다는 기록은 어디에도 없었다. 그런데도 엄마 아빠가 그런 가짜 뉴스에 넘어가다니. 후우.

"얼굴 좀 펴."

젠이 어느새 콜라 한 잔을 따라 와 건네주며 말했다.

"고마워, 제제. 내 마음을 알아주는 건 너밖에 없어. 이제 그만 가서 쉬어."

"잘 자, 버드."

"잘 자, 제제."

젠이 계단을 내려가는 걸 보며 버드는 콜라를 한 모금 마셨다. 반쯤 남은 콜라를 한참 동안 들여다보았다. 까만 표면에 기포들이 올라와 터졌다. 수억 개의 씨앗들이 가라앉을 때, 북극의 밤바다도 이렇게 부글거렸을 거였다.

언제 잠이 들었던 걸까? 저절로 눈이 떠졌다. 06:17. 버드는 벽에 뜬 숫자를 읽으며 창밖을 바라보았다. 빨간 불빛들이 일정한 간격으로 톨게이트를 향해 날아가고 있었다. 비행 슈트의 전조등에서 나오는 빛이었다. 이렇게 이른 시간에 슈트를 입고 날아가는 건 대부분 AI 영업사원들이었다. 지구 곳곳을 돌며 날씨 주문을 받으러 나가는 거였다.

"부지런들도 하셔."

버드는 하품을 하며 기지개를 켰다. 지금쯤 톨게이트 앞은 비행 슈트 행렬로 빽빽할 거였다. 오전 6시, 오후 6시, 밤 12시. 토르월드 돔이 하루 세 번만 열리는 데다, 개방 시간이 딱 한 시간뿐이라 늘 복잡하다. 불만이 없는 건 아니지만 우주 방사선과 우주 쓰레기로부터 토르월드를 보호하기 위해 어쩔 수 없다고 했다. 다른 무엇보다 큰 골칫거리는 지구인을 태운 밀항 우주선이었다. 지구인들은 토르월드로 숨어들 기회를 호시탐탐 노렸다. 때문에 톨게이트는 최첨단 장비를 갖춘 방위대가 지키고 있다. 지구인들의 조악한 우주선은 방위대의 광선총에 가루로 흩어지고 만다. 그런데도 지구인들은 끊임없이 밀항을 시도한다.

"흠, 우주 쓰레기만 늘어나는 거지."

버드는 중얼거리며 창을 등지고 돌아누웠다. 좀 더 자기로 했다. 눈을 감았지만 말똥말똥했다. 다시 돌아누웠다. 더 말똥해졌다. 입학식을 앞두고 설레는 건가? 그런 건가? 그래, 드디어 오늘이다. 몇 시간 후면 멋진 세계가 시작될 거였다. 자축이라도 하고 싶었다. 평생 한 번뿐인 사관학교 입학을 아무런 축하 없이 맞는다면 두고두고 후회할 것 같았다.

버드는 발소리를 죽여 계단을 올라갔다. 이왕 하기로 한 거 제대로 자축하고 싶었다. 토르월드 밖을 한 바퀴 돌고 오는 것. 생각만으로도 가슴이 뛰었다. 버드는 재빨리 3층 격납고 안으로 들어섰다. 비행 슈트 세 벌이 벽에 나란히 걸려 있었다. 토르월드에서는 걷기 시작하면 누구나 비행 슈트 하나씩을 갖게 된다. 걸을 수 있다면 날 수도 있기 때문이다.

"후우, 그 집 형편을 알려거든 그 집 비행 슈트를 봐라."

버드는 비행 슈트를 보며 한숨을 내쉬었다. 자기 것은 그런대로 괜찮은데 부모님의 슈트는 형편없이 낡아 있었다.

"지구인들도 이런 슈트는 안 입을 거야."

버드는 투덜거리다 멈칫했다. 지구인? 오호, 지구! 한때 지구를 답사하는 '공포체험여행'이 유행한 적 있었다. 지금은 전면 금지되었다. 지구 모습에 충격을 받아 우울증을 호소하는 여행객들이 많아졌기 때문이다. 허가를 받은 영업사원이나 소수의 연구자만 갈 수 있었다.

"오늘은 허가 따윈 필요 없지."

입학식을 앞둔 오늘만큼은 이런 모험이 어울렸다. 지구까지는 왕복 한 시간 거리였다. 거기서 잠시 머문다 해도 두 시간이면 충분했다. 부모님이 일어나기 전에 돌아올 수 있었다. 입학식 시간까지도 충분했다.

문제는 비행 슈트였다. 슈트마다 비행거리가 정해져 있었다. 청소년용 슈트로는 지구까지 날아갈 수 없었다. 기껏해야 토르월드 근처만 날다 돌아와야 한다. 하지만 이제 어린이 풀장에서 물장구나 치며 노는 건 재미없었다.

엄마 슈트 상태가 좀 낫긴 했지만 버드에게는 작았다. 선택의 여지가 없었다. 아빠 슈트를 빌리는 수밖에. 남성용 슈트는 처음이라 찜찜하긴 했다. 하지만 입자마자 슈트 안쪽에 모세혈관처럼 퍼진 형상기억합금 코일이 버드의 몸에 맞게 단단히 조여 왔다. 찜찜한 기분이 사라지고 마음이 놓였다. 코일에 흐르는 전하가 압력을 조절해 줄 테니 무중력 공간을 아무 탈 없이 날아 지구로 진입할 수 있을 거였다. 무엇보다 마음에 드는 건 지구인들의 우주복처럼 거추장스럽지 않고 매끈하다는 거였다.

버드는 오른쪽 가슴에 있는 추진 단추(아빠는 왼손잡이여서 단추가 오른쪽에 붙어 있었다)를 조심스럽게 만져 보았다. 단추는 지붕에 있는 발사대에 서서 눌러야 했다. 그 전에 눌렀다가는 슈트가 낙하산처럼 부풀어 올라 격납고 문을 통과할 수 없다. 언젠가 워킹은 격납고 안에서 단추를 누르는 바람에 하마터면 집을 통째로 매달고 날아갈 뻔했었다.

버드는 뒤꿈치를 들고 복도를 통과해 지붕으로 나갔다. 지붕 끝 발사대에 서자 실감이 났다. 저절로 심호흡이 되었다. 이제 단추를 누르면 슈트가 부풀어 오르며 떠오를 거였다. 비행고도까지 떠오르면 슈트는 다시 몸에 딱 맞게 조여진다. 그러는 동안 입력센서에 목적지를 말하면 된다. 흠, 지구라…… 지구 어디로 가 볼까?

그 순간 아래층에서 무슨 소리가 난 듯했다. 엄마가 벌써 깼나? 아빠가? 버드는 엉겁결에 추진 단추를 누르고 말았다.

"목적지 입력."

기계음이 울렸다. 누군가 계단을 올라오는 것 같았다.

"폼페뉴."

버드는 떠오르는 대로 말했다.

"목적지 입력."

기계음이 다시 울렸다. 앗, 정식 명칭을 말해야 한다는 걸 깜빡했다.

"마린뉴욕. 자유의 여신상."

어느새 버드는 톨게이트를 향해 날아가고 있었다. 저 아래로 토르월드의 거리와 집들이 보였다. 불빛이 환한 거대한 온실들을 차례로 지났다. 토르월드인의 먹거리가 자라는 온실이었다. 온실 건

물들 한가운데에 우뚝 서 있는 마천루가 눈에 들어왔다. 토르가 살고 있는 곳이었다. 버드는 침을 삼키며 헬멧 고리를 한 번 더 조였다. 드디어 오늘 토르를 볼 수 있을 거였다. 사관학교 입학식에 토르가 참석하는 건 오랜 전통이었다.

버드는 톨게이트가 막 닫히려는 순간 마지막으로 통과했다. 그곳을 지키고 서 있던 AI 방위군과 눈이 마주쳤다. 방위군이 뭐라고 소리쳤지만 들리지 않았다. 그의 눈에 박힌 스캐너 렌즈가 커다랗게 열리는 것만 보았다.

등 뒤로 토르월드의 돔이 멀어져 갔다.

지구에 가까워질수록 버드는 자신의 선택에 만족했다. 아이들이 성인용 비행 슈트를 갖게 되면 제일 먼저 가 보고 싶은 곳으로 폼페뉴를 꼽는 데는 다 이유가 있었다. 지구의 과거와 현재를 한눈에 볼 수 있는 곳이기 때문이다. 물속에 가라앉은 자유의 여신상. 수면 위로는 여신의 손에 들린 횃불만 겨우 나와 있다. 망망대해에 횃불 하나만 외롭게 떠 있는 거였다. 어느 수중다이버가 찍은 영상이 눈앞으로 스쳐 지나갔다. 물속의 여신상에는 불가사리와 따개비들이 다닥다닥 붙어 있었다.

"착륙 3분 전."

헬멧 안에서 기계음이 울렸다. 이제 곧, 횃불에 걸터앉아 대서양을 찰박거릴 수 있을 거였다. 가슴이 뛰었다. 하지만 바로 그때,

고막을 찢는 듯한 소리가 울렸다.

버드는 엄청난 속도로 솟구쳤다가 곤두박질쳤다. 소용돌이에 빨려 든 건지 몸이 길게 늘어나다 툭 끊어지는 것 같았다. 앞쪽에서 날아가고 있던 비행 슈트들이 하나도 보이지 않았다. 헬멧에 부착된 태양광차단기에서 쩡, 소리가 울렸다. 빛이 쏟아져 들어왔다. 버드는 뭔가에 세게 부딪쳤다.

쾅!

목적지에 제대로 도착했다면 첨벙, 소리가 나야 했다.

하지만 콰콰쾅!

별똥별도 그럴까? 바닥에 닿는 순간 버드는 정신을 잃었다.

2023년 화양

단비는 거슬리는 소리에 눈을 떴다. 방 안이 어슴푸레했다. 구름이가 문을 긁어 대고 있었다.

"오줌?"

자다 깨 오줌을 눈 적이 없는데 이상했다. 단비는 반쯤 감긴 눈으로 문을 열어 주었다. 구름이는 패드가 놓인 마루 구석이 아니라 현관문 쪽으로 달려갔다. 그러고는 닫힌 문을 긁으며 짖기 시작했다.

"왜?"

건넌방에서 엄마가 나왔다.

"모르겠어."

단비는 눈을 비비며 구름이를 안아 올렸다. 구름이는 더 맹렬하게 짖어 댔다. 건넌방에서 자고 있던 알마와 메이 이모도 나왔다.

엄마가 유리창에 낀 서리를 닦고 밖을 내다보았다. 잎을 다 떨군 사과나무들이 푸르스름한 새벽빛 속에서 떨고 있었다.

"나가 봐야겠어. 무슨 소리가 난 것도 같거든."

엄마가 점퍼를 걸치고 손전등을 찾아 들었다.

"고라니겠지."

단비는 어둠 속을 바라보며 말했다. 사과 밭 뒷산에 사는 멧돼지와 고라니가 종종 먹이를 찾아 사과 밭까지 내려오곤 했다. 특별할 것 없는 일이었다. 하지만 지금 구름이가 짖어 대는 모습이 어쩐지 그때랑 달라 보였다.

엄마는 벌써 밖으로 나서고 있었다. 구름이가 단비 품에서 뛰어내려 달려 나갔다. 단비가 나서자 알마와 메이 이모도 따라 나왔다.

겨울답지 않게 푸근한 날씨였지만 그래도 새벽바람은 매서웠다. 구름이가 앞장섰다. 구름이는 뒤따르는 사람들과 간격이 벌어지면 잠시 기다렸다가 다시 달려가곤 했다. 서두르라는 듯 목을 빼고 하울링을 하기도 했다. 네 사람은 말없이 비탈길을 올라갔다. 앞사람이 내뿜는 입김이 뒷사람에게 흘러들어 왔다. 발밑에서 마른 풀이 부서졌다.

한참 앞서간 구름이가 멈춰 서는 게 보였다. 맨 위쪽 고랑 커다란 사과나무 아래였다. 구름이가 나무 주변을 돌며 으르렁거렸다. 거기 뭔가가 있는 게 틀림없었다. 고라니는 아니었다. 겁이 많은 고라니는 구름이를 보자마자 도망갔을 테니까.

"엄마, 멧돼지면 어떡해?"

단비는 걱정이 되었다. 멧돼지는 구름이만 한 강아지는 발굽 하나로 날려 버릴 수 있었다. 자기 주제도 모르고 구름이는 이제 뛰어오르기까지 하면서 짖어 대고 있었다.

"구름이 짖는 거 보면 멧돼지는 아냐."

엄마 말에 마음이 놓였지만 그래도 아직은 알 수 없었다. 단비는 구름이를 부르며 엄마를 앞질러 뛰어 올라갔다.

단비는 그 자리에 우뚝 멈춰 섰다. 구름이가 놀란 눈으로 단비를 올려다보았다. 이것 좀 보라는 듯이. 사과나무 아래 거기, 희끗한 뭔가가 엎드려 있었다.

불시착 첫날

"눈이 움직였어."

"깨어나나 봐."

"쉿."

버드는 잠결에 목소리를 들었다. 소리가 울리는 듯했지만 알아들을 수 있었다. 토르어가 아니라 한국어였다. 엄마 친구들이 온 건가? 버드는 누군가 자신의 어깨를 부드럽게 두드리며 묻는 걸 들었다. 괜찮니?

버드는 눈을 떴다. 사람 얼굴 넷, 강아지 얼굴 하나가 자신을 내려다보고 있었다.

"누구세요?"

버드는 사람들을 둘러보며 물었다. 처음 보는 사람들이 허락도 없이 자신의 방에 들어와 있었다. 어딘가 오래된 사람들처럼 보였다.

"우리가 묻고 싶은데?"

제일 연장자로 보이는 여자가 물었다. 낮고 부드러운 목소리였다.

"엄마아!"

버드는 대답 대신 소리쳐 엄마를 불렀다.

"제에엔!"

둘 다 대답이 없었다.

다시 부르려다 버드는 자신을 뚫어지게 쳐다보고 있는 아이와 눈이 마주쳤다. 자기 또래쯤 되었을 것 같은데 어른스러운 인상이었다. 별로였다. 워킹처럼 이런 애들은 좀 피곤한 타입이다.

순간 입학식 생각이 났다.

"지금 몇 시야?"

버드는 그 애에게 따지듯 물었다.

"여덟 시 사십 분."

"휴우."

최소한 입학식에 늦진 않을 거였다. 마음이 놓였다.

주변이 조금씩 눈에 들어오기 시작했다. 길쭉하고 볼품없는 전등이 천장에 붙어 있었다. 처음 보는 거였다. 벽은 매끈한 티타늄이 아니라 흰 벽지로 덮여 있었다.

"여기…… 어디죠?"

버드는 연장자 여자에게 조심스럽게 물었다. 입속이 말라 따끔거렸다.

"여기? 우리 집이지. 단비네 사과 밭."

사과 밭이라는 단어를 분명 들었지만 버드는 흘려 버렸다. 우리 집이지. 그 말이 다른 말을 모두 삼켜 버렸다.

우리 집? 우리 집?

순간 톨게이트를 지키던 AI 방위군 얼굴이 스쳐 지나갔다. 멀어져 가는 토르월드 돔도 떠올랐다. 착륙 3분 전. 기계음이 들렸다. 그리고 콰쾅!

버드는 벌떡 일어나 앉았다. 하지만 비명을 지르며 도로 눕고 말았다. 여기저기가 쑤시고 아팠다. 몸을 더듬어 보았다. 감촉이 이상했다. 팔 한쪽을 들어 보았다. 비행 슈트가 아니라 몽글몽글한 촉감의 두툼한 옷이었다. 처음 보는 옷이었다. 내가 죽은 걸까? 아니, 살아 있어. 이렇게 생각이라는 걸 하고 있는 걸 보면. 그럼 뭐지?

"비행 슈트는요?"

버드는 두려움을 참으며 간신히 물었다.

"비행 슈트?"

이번에도 제일 연장자로 보이는 여자였다. 이 여자가 이들의 대장 같았다. 다른 사람은 입을 다문 채 지켜만 보고 있었다. 여자는 말없이 일어나 나가더니 뭔가를 들고 왔다.

"이거……?"

버드는 여자의 말이 끝나기도 전에 슈트를 낚아챘다. 다행히 찢어진 곳은 없었다. 헬멧에 살짝 금이 가 있었지만 비행에는 문제없을 듯했다.

"제 슈트예요. 아니, 아빠 거…… 아무튼."

버드는 아픈 걸 참고 일어나 앉았다. 몇 시간 전만 해도 슈트가 낡고 볼품없어 보였지만 지금은 너무 멋져 보였다. 이제 서둘러 돌아가면 된다. 폼페뉴 여신상은 나중에 다시 보러 오면 된다.

"비행 슈트라면…… 그걸 입고 날아왔다는 거야?"

대장 여자가 미소를 지으며 물었다. 촌스럽긴 해도 좋은 사람 같았다.

"자유의 여신상을 보러 가는 중이었거든요."

"자유의 여신상?"

"네."

"그걸 입고? 날아서?"

"비행 슈트니까요."

방 안이 조용해졌다. 버드는 눈동자들이 빤히 쳐다보는 걸 느꼈다. 구름이(버드는 조금 전 여자애가 강아지를 그렇게 부르는 걸 들었다. 구름아, 그만해. 비행 슈트에 코를 대고 쿵쿵거리던 강아지는 여자애 말에 바로 멈추었다. 말 잘 듣는 걸 보니 로봇강아지였다)까지도.

"그래, 멋지다더구나, 뉴욕은. 난 아직 못 가 봤지만."

대장 여자가 사람들을 둘러보며 말했다. 모두 고개를 끄덕였다.

"네. 정확하게는 마린뉴욕이죠. 폼페뉴 말예요."

"마……린? 폼페뉴?"

"바다에 잠겨 버렸으니까요."

"뉴욕이?"

어디 가나 꼭 이런 사람들이 있다. 뻔한 사실을 처음 듣는 것처럼 반응하는 치들 말이다. 버드는 자신을 바라보는 네 사람의 눈이 서로 경쟁이라도 하듯 커지는 걸 보았다. 작고 가무잡잡한 피부의 여자는 잘 알아듣지 못하는 것 같았다. 그 옆에 앉은 붉은 머리칼의 여자는 버드가 뭔가 잘못이라도 한 것처럼 쏘아보고 있었다. 파란 눈동자였다.

"그래서 마린뉴욕인 거구나? 그럼 폼페뉴는?"

대장 여자가 물었다.

"폼페이식 뉴욕이라는 말이잖아요. 폼페이는 화산재에, 뉴욕은 물에, 둘 다 묻혀 버렸으니까요."

버드는 한숨이 나오려는 걸 참고 차근차근 설명해 주었다.

그들은 말없이 눈빛을 주고받았다. 버드는 그들끼리 교환하는 눈빛에 갑자기 피곤해졌다. 한때 학교에 가기 싫어했던 것도 저런 눈빛 동맹 때문이었다. 하지만 자신은 그 모든 걸 이겨내고 사관학교에 합격했다. 오늘이 바로 그 첫날이었다.

"좋아, 뉴욕으로 가는 중이었구나. 그런데 왜 저기 쓰러져 있었지?"

대장 여자가 어딘가를 가리키며 물었다. 말투는 부드러웠지만 이해하기 어렵다는 표정이었다. 순간 엄마 얼굴이 떠올랐다. 엄마도 가끔 저런 표정으로 물을 때가 있다. 버드, 그러니까 비행 슈트를 그냥 입어 보기만 하려고 했다는 거지? 추진 단추를 누를 생각은 없었고 말이야.

엄마 뒤에서 아빠 얼굴이 나타났다. 순간 쿵, 심장이 배꼽 근처로 떨어졌다. 마음이 급해졌다. 얼른 집으로 돌아가야 했다. 비행 슈트마다 고유 번호가 있어 톨게이트를 통과하는 순간 기록이 남는다. 집으로 이미 연락이 갔을 거였다. 아빠 얼굴이 하얗게 질려 있다. 엄마는 울음을 참느라 입술을 꼭 깨물고 있다.

"슈트에 문제가 있었나 봐요."

다시 보니 아빠의 슈트는 형편없었다. 군데군데 해진 곳은 처음부터 있던 건지 추락하다 생긴 건지 알 수 없었다. 이걸 입고 자축할 생각을 했다니. 종종 아이들이 부모의 비행 슈트를 몰래 입고 사고를 내는 경우가 있었다. 그래도 이 정도로 낡은 슈트는 아닐 거였다.

와, 그런 슈트로 폼페뉴를 방문하셨다고?

진노한 여신께서 횃불마저 바다에 담가 버리겠는걸.

키득거리는 제니퍼 패거리가 보였다. 자기보다 센 애들한텐 꼼짝도 못 하면서 버드와 워킹만 괴롭히던 멍청이들.

버드는 마른침을 삼켰다. 여기서 더 늦으면 자신의 이름이 토르월드 광장에 홀로그램으로 뜰 테고 아이들이 다 알게 될 거였다. 미적거릴 시간이 없었다.

"비행 슈트를 입고 뉴욕으로 날아가다 여기에 떨어졌다?"

마음이 급한데 대장 여자는 자꾸 똑같은 걸 물었다.

"그렇다구요. 이제 얼른 집에 가야 해요."

"집이 어딘데?"

"토르월드요."

"토르월드?"

대장 여자가 사람들을 둘러보았다. 아느냐고 묻는 표정이었다. 모두 고개를 저었다.

"단비는?"

여자가 그 애한테 물었다. 이름이 단비인 모양이었다. 단비라는 애도 고개를 저었다.

"토르월든 토로월드예요."

버드는 또박또박 힘을 줘 말했다. 자신이 놀림감이 된 듯해 화가 났다. 토르월드를 모르는 지구인은 없다. 너무나 살고 싶은 곳이지만 그럴 수 없기 때문에 모른 척하는 거였다.

버드는 슈트를 들고 일어섰다. 욱신거리지만 참아야 했다. 옷을 갈아입으려는데 다들 빤히 쳐다보고 있었다. 한숨을 내쉬자 모두 고개를 돌려주었다.

버드는 털옷을 벗고 재빨리 비행 슈트를 입었다. 토르월드 톨게이트 검색대를 통과하다 삐, 소리로 주위의 시선을 받고 싶진 않다. 지구의 물건은 방사능과 화학물질에 오염된 게 많아 반입이 엄격하게 금지되었다. 더군다나 이런 털옷이라면.

"춥지 않겠니? 그것만 입고 날아가려면? 요 며칠 꽤 시베리아 날씬데."

대장 여자가 말했다. 농담치고는 썰렁한 농담이었다. 시베리아라니.

"시베리아도 가라앉아 버린 지가 언젠데요. 폼페뉴처럼요!"

맙소사! 도대체 이 사람들 뭐지? 자기들이 사는 지구 사정을 나만큼도 모른다는 게 말이 돼? 하긴 자신도 사관학교 시험 준비를 하기 전까진 알지 못했던 내용이다. 이런 데서까지 사관학교의 유익함을 알게 되다니 뿌듯했다.

"그럼 거기 북극곰은?"

붉은 머리칼의 여자가 물었다.

"멸종! 몰라서 묻는 거 아니죠?"

버드는 한심하단 표정을 간신히 감추었다.

지난 몇 십 년 사이 지구의 동식물종 대부분이 사라졌다. 잠시 모습을 감춘 게 아니라 완전한 멸종. 베를린 동물원의 새끼 곰 '이누잇'이 죽으면서 북극곰도 영원히 사라졌다. 유전자은행에 유전자가 보관되어 있긴 하지만 복원은 쉽지 않을 거라고 했다. 기술 문제 때문이 아니라 별 의미가 없기 때문이었다. 지구는 거대한 무덤일 뿐이었다. 그 무덤에서 북극곰 한 마리를 부활시킨다 한들 달라질 건 없었다.

"우리만 그 사실을 모르고 있다는 표정이구나."

대장 여자의 표정이 복잡했다. 버드는 자신과 이들 사이에 거대한 벽이 가로놓인 걸 느꼈다.

"북극곰 아직 살아요."

까만 피부에 순한 눈을 한 여자가 처음으로 입을 열었다.

"텔레비전 나와요."

단어와 혀가 따로 노는 것처럼 어눌한 발음이었다. 그래서인지 더 순해 보였다.

"그러니까…… 북극곰은 멸종됐고, 시베리아는 사라졌고, 넌 토르월드에서 폼페뉴로 가는 중이었고?"

버드는 대장 여자의 말에 대충 고개를 끄덕이며 벨트를 단단히 채웠다. 그때까지도 비행 슈트에 무슨 문제가 있는지 알지 못했다.

"그 슈트를 입고 날아서?"

이번에는 붉은 머리 여자였다. 버드는 귀찮아서 고개도 끄덕이지 않았다. 도대체 똑같은 얘기를 지금 몇 번째 하고 있는 거야. 날아왔다는 게 뭐가 이상하지? 누구나 슈트를 입고 날아다니는 세상에.

"날아오다 사과나무에 걸려 떨어진 거고."

대장 여자가 중얼거렸다.

사과나무? 버드 귀가 번쩍 뜨였다. 버드는 붉은 머리 여자가 무슨 말인가 하려는 걸 가로챘다.

"사과나무요?"

잘못 들었을 테지만 버드는 혹시나 해서 물었다.

"저 위쪽 사과나무 아래서 널 발견했어."

대장 여자가 대답했다.

"그럼 여기가 야말반도인가요? 아닌데, 거기도 이젠 없는데……."

버드는 헬멧 고리를 만지작거리며 엄마를 떠올렸다. 식물사학자인 엄마는 『대멸종 백과사전』을 쓰는 중이다. 토르가 알면 좋아하지 않을 작업이라면서도 엄마는 몇 년째 그 일에 매달리고 있었다.

이 사전은 영원히 끝이 나지 않을 거야. 헤아릴 수 없이 많이 사라져 버렸으니까. 버드는 엄마의 그런 한탄을 자주 들었다. 사과는 그중 엄마가 가장 안타까워하는 멸종 종이었다.

"야말반도? 거기가 어디지? 여긴 화양 골짜기야. 대한민국 화양."

대장 여자가 말했다.

단비라는 애가 주머니에서 자그마한 기계를 꺼내 들었다. 버드는 기절할 뻔했다. 오래전 지구인들이 썼다는 핸드폰이라는 기계 같았다. 우, 아직도 저런 걸 쓰다니.

"러시아 북쪽. 북극 지방이야."

단비가 폰에서 고개를 들며 말했다.

"맞아. 최후의 사과나무가 거기 있었잖아."

버드는 단비와 눈을 마주치며 고개를 끄덕였다.

"사과나무가 서늘한 곳을 좋아하긴 하지만 거긴 너무 추운 곳이야. 북극에서 사과나무가 자랄 순 없어."

단비가 쏘아보며 말했다.

"추운 곳? 그건 아주 오래전 얘기잖아."

버드는 답답했다. 저런 구식 폰을 써서 그러나? 그래서 세상이 어떻게 돌아가는지 도통 모르나?

"맞아. 옛날에는 더 추웠지. 북극 얼음이 녹고 있는 것도 맞고.

하지만 지금도 거긴 얼음에 덮여 있어. 그 얼음 땅에서는 지금 사과나무가 아니라 북극곰이 살고 있고.”

대장 여자는 더 답답한 소리를 했다.

“지구가 뜨거워지면서 사과나무 경작지가 거기까지 옮겨 간 거잖아요. 거기서 결국 멸종을 맞았구요.”

“멸종? 저 밖이 온통 사과 밭인데?”

대장 여자가 손가락으로 어딘가를 가리켰다. 여자는 지쳐 보였다. 아니, 화가 난 건가?

버드도 화가 났다.

“사과가 아니라 에덴나무겠죠.”

“에덴?”

토르월드에 사과 비슷한 과일이 있긴 하다. ‘에덴’. 사과를 그리워하는 노인층을 겨냥해 토르사에서 발명해 낸 상품이다. 사과를 흉내 낸 그 과일에 ‘에덴’이라는 고리타분한 이름을 붙였다. 하긴 에덴나무가 토르월드에만 있으라는 법은 없다. 지구에서도 자랄 순 있겠지.

얼른 출발해야 하는데 답답한 사람들에게 붙들려 이러고 있는 자신이 한심했다. 버드는 마지막이라 다짐하고 힘줘 말했다.

“지구에는 사과나무가 한 그루도 남아 있지 않아요. 적어도 태양계에는. 혹시 모르죠. 다른 은하에는 있는지.”

대장 여자가 말없이 일어나 나갔다. 다른 사람들도 따라 나갔다. 버드가 이유를 물을 틈도 없었다.

단비라는 애가 도로 들어왔다.

"추울 거야. 이거 입어."

단비가 갈색 점퍼를 내밀었다. 구석기인들이나 입을 만한 점퍼였다.

"이 슈트로 충분해."

버드는 살짝 웃으며 거절했다. 비행 슈트는 어떤 상황에서도 체온을 유지시켜 주니까.

"따라와."

단비는 뒤도 돌아보지 않고 나갔다.

"어딜 가는데?"

"저기 위쪽. 야말반도."

쳇. 저절로 콧방귀가 나왔다. 이곳 사람들은 자신의 말을 믿지 않는다. 하긴 버드 자신도 이들의 말을 믿지 않았다.

"바빠. 입학식에 안 늦으려면 얼른 출발해야 돼."

"잠깐이면 돼. 우리 밭에 서 있는 나무들이 사과나문지 에덴나문지만 알려 주고 가."

버드 눈에 맨 먼저 들어온 것은 골짜기를 에워싼 산이었다. 지구에 아직까지 이런 풍경이 남아 있다니 버드는 충격을 받았다. 산에는 나무가 빽빽하게 서 있었다. 밭에는 이름을 알 수 없는 나무들이 줄을 맞춰 서 있었다. 이렇게 야생에서 자라는 식물을 직접 보는 건 처음이었다. 토르월드에서는 모든 식물이 AI가 관리하는 특수 온실의 수조에서 자란다.

"여기 토르사에서 관리하는 농장이지?"

버드는 몇 발짝 앞서 걸어가는 단비에게 물었다. 이렇게 관리가 잘된 걸 보면 토르사 농장이 틀림없었다.

"뭐?"

단비가 돌아보았다.

"토르사 농장 맞냐고."

버드는 바로 옆 밭을 가리키며 말했다.

"우리 농장이야."

"우리?"

버드가 되물었지만 단비는 고개를 돌려 버렸다.

걸어 올라갈수록 버드는 혼란스러웠다. 지구가 이래도 되나? 눈을 비비고 다시 주변을 둘러보았다. 와, 구름. 하늘 가득 양떼구름이 흘러가고 있었다. 수조 아닌 곳에서 자라는 나무를 처음 본 것처럼, 이런 구름을 실제로 본 것도 처음이었다. 토르사에서 만들어 파는 구름은 컨테이너박스형으로 크기와 모양이 일정했다.

그럼 그렇지. 토르사의 구름을 쓰지 않는 걸 보면 이곳은 오지 중의 오지가 분명했다. 오지여서 이런 풍경이 겨우 남아 있는 거였다.

구름에 빠져 있는 버드를 향해 강아지가 짖었다. 단비는 벌써 저만치 앞서가고 강아지가 버드를 챙겨 주는 모양새였다. 빨리 오라고 재촉하는 것 같았다. 너도 구름이랬지. 로봇강아지치고는 꽤나 낭만적인 이름에 모습이었다. 이름 그대로 뭉게뭉게 흰 털에 덮여 있었다. 이런 오지에 로봇강아지가 어울리진 않았지만 어떻든 고맙긴 했다. 구름이가 자기를 발견해 줬다니까.

"여기야."

버드가 도착하자 대장 여자가 말했다. 모두들 커다란 나무 아래서 버드를 기다리고 있었다.

"네 말대로 날아가다 추락한 거라면 이 사과나무가 널 살렸어. 바닥으로 곧장 떨어지지 않고 가지에 걸쳤다 떨어진 거 같으니까."

버드는 여자가 가리키는 곳을 올려다보았다. 꽤 굵은 나뭇가지들이 부러져 있었다. 그걸 보자 몸 여기저기가 다시 욱신거렸다.

"그러니까 이게 사과나무라구요?"

버드는 웃음이 나오려는 걸 참으며 나무를 올려다보았다. 이파리가 다 떨어진 나무는 기둥이 뒤틀리고 껍질이 터져 있었다. 오래된 나무라는 것 말고 알 수 있는 게 없었다.

"저 꼭대기를 봐."

대장 여자가 위쪽을 가리켰다.

버드는 뒤꿈치를 들고 올려다보았다. 나무 꼭대기에 빨간 열매 몇 개가 달려 있었다. 설마. 눈을 비비고 다시 보았다. 사과라면 엄마 서재 곳곳에 붙은 사진으로 셀 수 없이 보았다. 사과 모형 쌓기를 하며 놀기도 했었다. 그 모형과 똑같이 생긴 것이 정말 거기에 있었다.

"말도 안 돼!"

버드는 자신이 땅에 떨어질 때 머리를 부딪친 게 틀림없다고 생각했다. 토르사의 유전자 탐색기는 지구에서 사과 유전자가 오래전에 사라졌다고 선언했다. 하지만 지금 저 위에서 사과 몇 알이 자기를 내려다보고 있었다. 그중 하나와 눈이 마주치기까지 했다.

"여긴 정말 이상한 곳이에요. 저런 모양 구름이 있질 않나……거기다 사과까지……."

버드는 머리를 움켜쥐었다.

"머릿속이 뒤죽박죽이라구요."

"우린 어떻겠어, 이 아가씨야."

붉은 머리 여자가 웃음을 터뜨렸다. 덤불처럼 우거진 머리칼이 들썩였다.

잠자코 보고만 있던 단비가 무슨 말인가를 하려 했다. 그러다 주춤하며 입을 다물어 버렸다.

"뭔데?"

버드가 단비를 쏘아보며 물었다. 단비는 입을 꾹 다문 채 한참 동안 버드를 마주 보았다.

"넌 언제에서 온 거냐?"

단비가 침묵을 깨며 물었다. 그래 놓고는 자신의 질문이 마음에 들지 않는지 얼굴을 찡그렸다.

"언제가 아니라 어디서 왔냐고 묻는 거지?"

버드는 단비의 질문을 바로잡아 주었다.

"토르월드에서 왔다니까."

"아니, 언제에서."

단비 목소리에 힘이 들어가 있었다. 둘은 눈싸움하듯 한참 동안 서로를 노려보았다. 그 순간 버드 머릿속으로 뭔가가 스쳐 지나갔다. 설마.

"여긴…… 언젠데?"

"2023년 2월 3일."

단비 입에서 나온 숫자 하나하나가 버드의 발등을 찍으며 떨어져 내렸다. 버드는 발가락을 꽉 오므렸다. 비행 슈트의 추진 단추를 누르지 않는데도 몸이 붕, 떠오르는 것 같았다.

"다시 한번 말해 줄래?

버드 목소리가 떨렸다.

"2023년 2월 3일. 너는?"

"나……? 토르 30년 1월……."

버드는 중얼거렸다. 입술이 꽉 닫혀 있는데 자기랑 아무 상관없는 말이 저절로 새어 나가는 것 같았다.

"토르 30년?"

단비가 되물었다. 버드가 지구식으로 바꿔 말하기까지는 시간이 걸렸다.

"그러니까…… 2090년……."

"2090?"

단비 목소리가 커졌다. 버드는 고개를 끄덕였다. 주변의 어른들은 둘의 대화를 이해하지 못하는 표정이었다. 하지만 누구보다 이해할 수 없는 건 버드 자신이었다.

"그럼 넌 아직 태어나지 않은 거네."

단비가 말했다.

"무슨 말이야? 내가 지금 여기 이렇게 서 있는데!"

버드는 단비를 쏘아보며 소리쳤다. 이 이상한 곳으로부터 얼른 벗어나야 했다.

버드는 뒷걸음치며 헬멧을 썼다. 손으로 더듬어 추진 단추를 찾았다. 잡히는 게 없었다. 아, 이건 아빠의 비행 슈트였다. 아빠는 왼손잡이다. 버드는 얼른 손을 바꿔 추진 단추를 찾아 눌렀다. 손가락이 쑥 들어갔다. 헬멧을 벗어젖히고 내려다보았다. 단추가 보이지 않았다. 추진 단추가 있어야 할 자리가 텅 비어 있었다! 버드는 그 빈 자리를 눌렀다. 누르고 또 눌렀다.

버드가 토르어로 외친 비명이 골짜기에 울려 퍼졌다. 단비네 식구 아무도 알아듣지 못한 외침을 새들은 알아들었다. 숲에서 새들이 날아올랐다.

사과 밭은 V자형 골짜기의 한쪽 비탈면을 차지하고 있었다.

단비네 사과 밭.

밭 입구에 서 있는 커다란 나무 팻말에는 그렇게 쓰여 있었다. 팻말을 지나 안쪽으로 들어오면 주황색 지붕의 아담한 집이 나온다. 사과 밭 식구들의 집이다. 마당을 사이에 두고 건물 두 개가 나란히 서 있다. 흰 외벽의 높다란 건물은 저온 창고다. 사과를 보관하는 곳이라 늘 서늘한 데다 사과향이 짙게 배어 있다. 그 옆 작은 건물은 농기구 보관 창고다. 창고 뒤로 텃밭과 닭장이 보인다. 그 너머로는 온통 사과 밭이다.

사과 밭 아래에서 네 사람과 구름이, 닭 아홉 마리가 한 식구로 살고 있었다. 거기에 울타리를 무시하고 수시로 드나드는 멧돼지와 고라니, 크고 작은 설치류와 새들. 모두 놀라울 것 없는 손님들이었다.

정말 놀라운 손님은 어제 새벽에 도착했다. 그것도 비행 슈트라는 이상한 차림으로.

단비는 모이를 들고 닭장으로 향했다. 텃밭에 들러 배춧잎도 몇 장 뜯었다. 엄마 말대로 너무 따뜻한 겨울이 지나가는 중이었다. 배추도 옆 고랑 움파도 새파랬다. 엄마는 풀이 얼지도 않고 겨울을 난다고 걱정이다. 사과나무 껍질 속에서 해충 알들도 살아서 월동을 할 거였다. 작년에도 잎말이나방이랑 진딧물 때문에 꽤 골치 아팠는데.

"추장! 땡벌! 그만해."

단비는 닭장 안으로 들어서며 소리쳤다.

수탉 두 마리가 또 한 판 붙고 있었다. 땡벌은 늘 지면서도 추장에게 달려들었다. 따라 들어온 구름이가 이를 드러내며 수탉들을 노려보았다. 모이가 넉넉하니 그러지들 말라는 경고였다. 구름이 꼬리가 모처럼 빳빳하게 섰다. 비행 슈트 그 애 앞에서는 다리 사이로 꼬리를 감추더니.

지난밤, 단비는 비행 슈트와 한 방을 썼다. 빈방이 없어 어쩔 수 없었다. 모르는 사람과 한 방을 쓰는 게 얼마나 힘든지 단비는 하룻밤 만에 알게 되었다. 단비는 밤새 한쪽 벽에 달라붙어 자는 척

했다. 등 너머로 훌쩍이는 소리가 들렸다. 마음 같아서는 당장 엄마 방으로 가고 싶었지만 엄마를 깨우고 싶지 않아 꾹 참았다.

닭들에게 모이와 배춧잎을 던져 주는데 카톡 알람이 울렸다. 수정이였다.

> 무지심심. 진짜안나올?

학교 앞 편의점에 죽치고 앉아 있을 수정이 모습이 떠올랐다. 사정이 있어 못 나간다고 했는데 또 이렇게 카톡이다.

> ㅇㅇ

> 왜?

> 사촌 왔다고.

거짓말하기 그랬지만 어쩔 수 없었다. 비행 슈트 어쩌고저쩌고 하면 수정이는 금세 달려올 것이다. 그럼 더 정신없을 테고.

> 여사 남사?

여

위? 아래?

동갑

비행 슈트의 나이가 몇 살인지 모르지만 그렇게 썼다.

어디서?

수정인 정말 심심한 모양이었다. 단비는 잠시 뜸을 들였다. 들은 대로 말하기로 했다.

토르월드

토이월?

토르

어디?

뉴욕근처

거기 친척있단말 안했자나

나도몰랐음. 지금무지바빠.

단비는 그렇게 보내고 핸드폰을 꺼 버렸다. 단비야,를 부르짖는 수정이 목소리가 들리는 듯했다.

단비는 창고에 모이통을 가져다 두고 장갑을 챙겨 사과 밭으로 올라갔다. 사과 밭 입구에 있는 팻말을 못 보고 지나쳤다. 아빠, 안녕. 아빠가 만든 나무 팻말을 지날 때마다 하던 인사도 당연히 깜빡했다.

야말반도. 네 글자가 머릿속을 휘저었다. 어젯밤, 비행 슈트가 훌쩍거리는 소리를 들으며 토르월드를 검색해 보았다. 별게 없었다. 야말반도를 검색해 보았다. 꽤 많이 올라와 있었다. 여름 석 달만 빼고 온통 눈에 덮인 그곳은 이끼만 자라는 툰드라 땅이었다. 그 땅에서 네네츠족이라는 소수민족이 야생 순록을 길들이며 살아가고 있었다. 세상의 끝. 네네츠어로 야말은 세상의 끝이라는 뜻이었다.

"헤이, 단비."

사다리 위에서 알마 이모가 손을 흔들었다. 도와주러 온 걸 환영한다는 뜻이었다.

단비도 손을 흔들었다. 아빠가 살아 계셨다면 나까지 밭에 나오지 않아도 됐을까? 단비는 가끔 생각한다. 하지만 뭐, 나쁘지 않다. 사과 밭에 있으면 교실에 앉아 있을 때보다 백만 배쯤 똑똑해지는 기분이 든다.

엄마와 알마 이모는 가지치기 작업 중이었다. 나무들은 두 사람의 가위에 얌전히 몸을 맡기고 있었다. 봄에 잎이 나오기 시작하면 사과 밭은 소리 없는 전쟁터가 된다. 햇빛을 조금이라도 더 차지하려는 나뭇잎들의 싸움이 시작되기 때문이다. 먹잇감을 놓고 으르렁거리는 맹수들 못지않다. 어쩌면 발톱도 송곳니도 없이 하는 싸움이라 더 치열하다. 미리 가지치기를 해 줘 싸움을 말려야 한다. 잎이 무성할 때의 모습을 상상하며 하는 작업이라 잘라 낼 가지를 고르는 안목이 필요하다. 알마 이모 말대로 가지치기용 가위는 아무나 들 수 있는 게 아니다.

알마 이모는 카자흐스탄 알마티 출신이다. 파란 눈에 밧줄처럼 억세고 붉은 머리칼. 어떤 책에서 본 건데, 습도계를 발명하기 전에는 여자의 붉은 머리카락 끝에 바늘을 매달아 습도계로 썼다고 한다. 습하면 머리카락이 늘어나고 건조하면 줄어드는 성질을 이용한 거였다. 알마 이모 머리칼이 딱이다. 키도, 웃음소리도 큰 이모는 한국에 온 지 10년이 넘었다. 한국어를 한국 사람만큼 잘한다. 급할 때는 카자흐와 러시아 말이 마구 섞여 나오지만.

"단비, 잘해요."

메이 이모가 말했다. 아직 가위를 쥘 안목이 없는 메이와 단비는 잘려 나온 가지를 긁어모았다.

"이모, 단비 잘해요가 아니라 단비 잘하네."

"단비 잘하네."

메이 이모가 따라 하며 수줍게 웃었다. 햇빛 아래서 이모의 하얀 이가 더 하얗게 빛났다.

캄보디아 시엠립에서 온 이모는 자그마한 키에 순한 눈을 하고 있다. 한국어에 서툴러 말할 때마다 2시 방향을 올려다보곤 한다. 단어가 거기 공중에 걸려 있기라도 한지, 이모는 사과를 따는 것처럼 거기서 단어를 따온다. 고마워요, 맛있어요, 보고 싶어요 같은 말들.

가지가 정돈되는 걸 보면 단비는 미장원에서 머리를 자를 때처럼 속이 후련했다. 하지만 지금은 후련하기는커녕 자꾸 딴생각이 들었다. 저 위쪽, 나무 사이로 언뜻언뜻 그 애가 보였다. 모르는 애가 자기 옷을 입고 있는 게 이상했다. 오늘 아침 아끼는 셔츠와 트레이닝 바지를 저 애한테 빌려준 게 자신이긴 하지만.

"단비!"

알마 이모의 놀란 목소리에 단비는 얼른 고개를 들었다. 조금만 늦었으면 이모가 잘라 던진 가지에 맞을 뻔했다.

"오단비 마음이 딴 데 가 있구만요."

옆 고랑에서 엄마가 말했다.

사실 작업하는 내내 모두 그 애를 힐끗거리고 있었다. 그 애는 어제 오늘 계속 저러고 있었다. 자기가 발견된 사과나무 주변을 맴돌면서 하늘을 올려다보곤 했다. 자신이 날아온 방향을 가늠이라도 하려는 듯이.

"뭐 하는 거지?"

알마 이모가 그 애를 바라보며 말했다.

"기다리는 거겠죠."

"뭘?"

"누군가 데리러 오기를요."

"근데 왜?"

버드는 알마 이모 말을 알아들었다. 왜 하늘을 쳐다보고 있느냐는 거였다.

"날아왔다잖아요. 데리러 올 사람도 날아오겠죠."

"고스빠쥐!"

알마 이모가 외쳤다. 이제 식구들은 '오 마이 갓'에 해당하는 그 러시아 말을 모두 알아듣는다.

"단비, 저 아이가 정말 날아왔다고 믿는 거야?"

알마 이모의 큰 눈이 더 커졌다. 햇빛 아래서는 눈동자가 파랑이 아니라 회색빛을 띠었다.

"좋아, 날아왔다 해. 하지만 지구에서 사과나무가 어떻게 사라져? 알마티를 보고는 그런 말 못해. 누구든 알마티를 한 번만 보면."

알마 이모는 고개를 저었다. 그리고는 장난기 어린 표정으로 단비를 쳐다보았다.

"알마티가 무슨 뜻?"

"아버지. 사과의 아버지."

단비는 대답하면서 이젠 지친다는 표정을 지었다. 알마 이모가 웃음을 터뜨렸다. 엄마도 메이 이모도 웃었다. 톈산 산맥 기슭에 있는 오아시스 도시 알마티. 수만 년 전 그곳에서 사과가 처음 생겨났다. 알마 이모한테 백만 번 넘게 들은 얘기였다.

"하긴, 별똥별이 더 믿기 쉽지."

엄마가 가지 하나를 잘라 던지며 중얼거렸다. 엄마도 혼란스러운 거였다. 50년이 넘은 사과 밭 역사에서 이런 일은 처음이었다. 사과나무 아래에 별똥별이 떨어져 있었대도 다들 그렇게 놀라진 않았을 거였다.

아는지 모르는지 그 애는 여전히 나무 주변을 살피고 있었다.

답답한지 자신의 머리를 움켜쥐며 흔들기도 했다. 정작 답답한 건 이쪽인데.

"불청객 방문 이틀째! 쟤가 돌아갈 때까지 날짜를 세어 볼 거예요."

단비가 말했다.

"곧 돌아갈 거야."

엄마가 말했다.

모두들 다시 작업으로 돌아갔다. 단비는 갈퀴질에 집중하려 했다. 하지만 오래가지 못했다. 사과나무가 북극까지 올라가게 된다고? 순록이나 살 수 있는 그 추운 땅에? 저 애 말대로 사과 경작지가 점점 북쪽으로 이동 중인 건 사실이었다. 엄마 친구 중에는 DMZ 근처에서 사과 농사를 짓는 사람도 있다. 예전에는 상상도 못 한 일이라고 했다.

단비는 숨을 참은 채 사과 밭을 둘러보았다. 사과나무 가지들이 순록의 뿔처럼 보였다. 순록의 뿔을 붙잡고 씨름하는 네네츠족 여자처럼 엄마도 사과나무 뿔을 붙잡고 씨름 중이었다.

단비는 참았던 숨을 내쉬었다. 토르월드가 사실일까? 폼페뉴도? 야말반도도?

불시착 3일째

"저장, 불시착 3일……."

버드는 아침에 눈을 뜨자마자 벽을 향해 중얼거렸다. 그러다 뚝 멈추었다.

토르월드에서는 티타늄 벽 전체가 메모리 칩이다. 메모하거나 기억할 게 있으면 저장, 한 뒤 말만 하면 된다. 그다음은 벽이 알아서 한다. 후, 하지만 여긴.

단비가 쳐다보는 게 느껴졌다. 버드는 눈을 감아 버렸다. 단비도, 맹탕인 벽도 보고 싶지 않았다.

언젠가 본 지구 영화가 떠올랐다. 무인도에 홀로 떨어진 주인공이 온갖 시련 끝에 살아 돌아온다는 내용이었다. 주인공은 동굴 벽에 하루하루 날짜를 기록했다. 이제부터 버드 자신도 그래야 했다. 며칠째인지 잊지 않으려면 어딘가 기록해 둬야 했다. 종이와 펜이 필요했다. 그걸 빌리려면 단비와 말을 터야 했다. 하지만 그러고 싶지 않았다.

"3일째."

버드는 그냥 매일 아침 날짜를 헤아리는 것으로 기억해 나가기로 했다. 그렇게 중얼거리고 나자 더 실감이 되었다. 벌써 3일이라니.

지난 이틀 내내 버드는 사과나무 아래서 기다렸다. 구조대가 올 거라고 믿었다. 하지만 결국 자신의 이름 그대로 길 잃은 철새가 되었다는 걸 받아들여야 했다. 돌풍에 휩쓸려 낯선 곳에 떨어진 한 마리 새. 이건 정말이지 말도 안 되는 영화였다.

식사 시간이면 단비가 데리러 왔지만 버드는 나가지 않았다. 저들이 마루에 있는 동안은 방에서 한 발짝도 나가지 않을 거였다. 퉁퉁 부은 눈을 들키고 싶지 않았다.

토르월드로 돌아가기 전까지는 아무 것도 먹지 않을 작정이었다. 지구 음식을 먹었다가 탈이 난 사람들의 얘기는 토르월드에 흔했다. 더군다나 지금은 말도 안 되는 2023년. 분명 위생에 문제가 많을 거였다.

하지만 그날 점심, 버드는 더 버티지 못했다. 아삭, 하는 소리 때문이었다. 에덴을 깨물 때 나는 소리와 비슷한 걸 보면 사과가 틀림없었다. 버드는 소리에 이끌려 마루로 나왔다. 마루 한가운데 놓인 상에 빙 둘러앉아 밥을 먹고 있었다. 3초쯤 서로 얼음 땡. 모두 기다렸다는 듯 자리를 만들어 주었다. 대장 여자가 밥이 수북 담긴 공기를 밀어 주었다. 버드의 눈은 이미 쟁반에 놓인 사과에 가 있었다. 빨갛고 동그란 것이 바로 눈앞에 있었다.

단비가 사과 한 알을 건넸다. 버드는 주춤하다 손을 내밀었다. 동그란 것이 손에 꽉 들어찼다. 버드는 어쩔 줄 몰라 쥐고만 있었다.

"얼른 먹어 둬. 멸종되기 전에."

단비가 사과를 깨물며 말했다.

버드 입안에서 침이 솟구치며 날뛰었다. 아래턱이 뻐근했다. 허기가 한꺼번에 폭발했다. 더 참지 못하고 버드는 사과를 한 입 깨물었다.

불시착 8일째

버드는 사과에 빠져 며칠을 보냈다. 아삭, 하는 소리는 놀랍고 놀라웠다. 새콤달콤한 것이 목으로 넘어갈 때마다 꿈을 꾸는 것만 같았다. 부모님 세대나 맛본 멸종된 사과를 자신은 하루에도 몇 개씩 먹을 수 있었다. 토르월드 아이들 중 사과를 먹어 본 사람은 자기뿐이었다. 장담할 수 있었다. 워킹의 놀란 목소리가 들렸다. 사과? 사과를 먹어 봤다고? 그건 에덴동산에나 있던 거 아냐?

하지만 시간이 지나면서 덤덤해지기 시작했다. 사과에 빠져 잊고 지낸 현실이 무섭게 다가왔다. 이곳은 토르월드가 아니라 지구였다! 지금은 2090년이 아니라 2023년이었다! 버드는 하루라도 빨리 돌아가고 싶었다. 구조대가 오길 기다릴 수만은 없었다. 추진 단추를 직접 찾아 나서야 했다.

버드는 자신이 발견되었다는 사과나무 주변을 꼼꼼히 살폈다. 마른 풀 줄기 하나하나를 젖혀 보았다. 돌멩이까지 들춰 보았다. 며칠이 지났지만 단추는 깜깜이었다. 조바심에 자주 골짜기를 둘러보았다. 이 골짜기를 훑는 데만도 백만 년은 넘게 걸릴 것 같았다. 두려워졌다.

"단추를 찾을 때까지만 여기서 살게 해 주세요."

그날 저녁 식사가 끝난 뒤 버드는 말을 꺼냈다.

지난 며칠간 버드는 이곳 누구와도 제대로 말을 섞지 않았다. 단비와도. 곧 이곳을 떠날 테니 알고 지낼 필요가 없다고 생각했다. 사과와 사귄 것만으로 충분했다. 하지만 지금은 도움이 필요했다.

버드는 사람들의 시선이 일제히 자신에게 쏠리는 걸 느꼈다. 이런 부탁을 하게 될지 자신도 몰랐다. 정말이지 이건 자신이 원하는 게 아니었다.

"아."

대장 여자가 정적을 깼다.

다음 말을 기다렸지만 여자는 더 아무 말도 하지 않았다. 표정만으로는 무슨 생각을 하는지 알 수 없었다. 버드는 실망했다. 지난 며칠 동안 제일 친절하게 대해 준 사람이 그녀였기 때문이다.

"아직 집으로 돌아가고 싶지 않은 거야?"

붉은 머리 여자였다. 딱딱한 말투였다. 어쩐지 이 빨간 머리칼
이랑은 친해지기 어려울 것 같았다.

"가고 싶지 않은 게 아니라 못 가는 거예요!"

버드는 그녀의 파란 눈을 쏘아보았다.

"단추를 찾을 때까지라고?"

단비가 물었다.

"응."

"네가 정말 그곳에서 왔다는 걸 믿으란 거야?"

"믿든 안 믿든 상관없어. 난 단추를 찾아 돌아가기만 하면 돼."

버드는 단비를 똑바로 쳐다보았다. 이제야 제대로 단비 얼굴을
보는 것 같았다. 콧잔등 주변에 흩어진 주근깨가 까만 눈동자와 잘
어울렸다.

"근데 왜 믿지 못하겠다는 거야?"

버드는 내친김에 단비에게 따졌다. 자기를 거짓말쟁이로 생각하
는 것 같아 화가 났다.

"너무 어마어마한 얘기니까."

단비 눈에 힘이 들어가 있었다.

"나한테는 사과가 어마어마한 얘기야. 근데 난 이제 사과를 믿
어."

"넌 사과를 봤잖아. 먹기까지 했고. 우린 토르월드를 본 적이 없

어.”

“단추가 보여 줄 거야.”

버드는 지지 않았다.

“자, 자.”

대장 여자가 밥상을 두어 번 쳤다.

“이 친구가 부탁한 걸 얘기해 보자고. 그러니까 당분간 여기 있고 싶다는 거지?”

“네. 단추 찾을 때까지만.”

“그 전에 먼저, 우리 서로 이름이라도 알고 얘기하는 건 어때? 난 정정미. 단비 엄마야.”

알마와 메이도 차례차례 이름을 말했다.

“나는 오단비.”

“스윗레인, 우리들의 스윗레인이지.”

붉은 머리가 아니, 알마가 손가락으로 비 내리는 동작을 해 보이며 덧붙였다.

“얼마나 달콤한지 몰라.”

정정미와 메이가 웃음을 터뜨렸다. 단비도 살짝 웃었다. 버드는 단비가 웃는 걸 처음 보았다.

“전 버드예요.”

“버드?”

알마가 두 팔로 날갯짓을 해 보이며 물었다.

"네."

"그럼 단추 없이도 날아갈 수 있겠는데?"

"그러기에는 토르월드가 좀 멀거든요."

"알마티보다?"

"지구랑 달 중간쯤이니까요. 일단 지구 바깥으로 나가야죠."

순간 조용해졌다. 정정미는 발등을 문지르고, 알마는 버드를 뚫어지게 쳐다보고, 메이는 두 손을 모아 이마를 받쳐 들었다. 꽤 심각한 기도를 하는 것처럼 보였다. 단비는 꼼짝도 않고 있었다.

"모두 왜 이래요?"

알마가 큰 소리로 분위기를 띄웠다.

"내 친구 레냐도 그랬어요. 레냐는 어렸을 때 자기가 별에서 날아왔다고 믿었어요. 정말 믿었어요. 레냐 결혼식 때 우리는 놀랐어요. 아직도 별에서 온 거냐고. 자기는 절대 그런 말 한 적 없다는 거예요. 지금은 그린바자르에서 반찬가게 해요. 레냐의 쿠이르닥은 알마티 최고죠."

알마는 자신의 설명에 만족한 표정이었다. 그리고는 생글거리며 버드에게 물었다.

"버드, 그렇게 먼 곳에서 왜 여기로 온 거야?"

"폼페뉴로 가던 중이었다구요! 여기로 오려던 게 아니라."

이곳에서 며칠 신세를 졌지만, 그리고 좀 더 머물게 해 달라고 부탁하는 중이지만 버드는 지금이라도 당장 돌아가고 싶었다.

"버드, 사실 이건 복잡한 문제야. 근데……."

정정미가 차분한 표정으로 말문을 열었다. 버드는 자기도 모르게 침을 꿀꺽 삼켰다.

"좋아, 아무튼 우린 우리 집에 온 손님을 내쫓지 않아."

흠, 대장 이모. 버드는 이제부터 정정미를 대장 이모로 부르기로 했다. 처음부터 대장 이모는 따뜻하고 친절했다. 사관학교를 졸업하면 자신은 '헌터'가 될 텐데 지구의 농부가 모두 대장 이모 같다면 고민될 거였다. 날씨 대금을 갚지 못한다고 이런 농부의 땅을 압수하는 게 쉽진 않을 것 같았다.

"다들 어떻게 생각해?"

대장 이모가 둘러보며 물었다.

"신고부터 해야 해요. 집 나온 아이 데리고 있다가 우리 납치범될 수 있어요."

알마였다. 버드는 자신이 가출 소녀 취급을 받는 것에 할 말을 잃었다.

"참, 한국이 아니라 토르 뭐랬지? 그럼 더 심각해요. 불법……뭐지? 맞다, 불법체류."

이번에도 알마였다.

불법체류? 버드는 곧 그 말을 이해했다. 이젠 가출 소녀가 아니라 허락도 없이 지구로 온 사람 취급을 받고 있는 거였다. 토르월드로 끊임없이 밀항을 시도하는 지구인처럼.

"불법체류가 아니라 불시착. 버드 말이 사실이라면요."

단비였다.

이름을 말한 뒤 한 마디도 않고 있던 단비가 이렇게 결정적인 순간에 도움을 주었다. 단비는 불시착을 인정하는 거였다. 그렇다면 토르월드도. 버드는 단비에게 고맙다는 눈인사를 보내려 했다. 그동안 단비에게 냉랭하게 굴었던 게 미안했다. 하지만 단비는 고개를 숙인 채 생각에 빠져 있었다. 단비 대신 알마와 눈이 마주쳤다. 순간 계속 당하기만 한 것 같아 화가 났다.

"도대체 어디 신고한다는 거죠?"

버드는 알마를 향해 쏘아붙였다.

"경찰서지."

경찰서라면 토르월드에도 있다. 거기서도 경찰서는 그다지 즐거운 곳이 아니다.

"지금이 2023년이라면서요. 그럼 전 아직 태어나지 않은 거잖아요. 그러니까 신고할 필요 없어요."

"그럼 지금 말하고 있는 건 누구지?"

"후우, 알겠어요. 제가 졌어요. 근데 부탁이 있어요. 여기 네 사람 말고 아무도 절 몰랐으면 좋겠어요. 사람들이 알게 되면 토르월드로 돌아가는 게 더 어려워질 거예요."

잠시 정적.

"좋아, 버드. 여기 있어도 돼. 우리끼리만 알고."

대장 이모가 정리했다.

그다음 말은 듣지 말았어야 했는데 버드는 듣고 말았다.

"내일이라도 집에 가겠다 할지 모르잖아."

대장 이모가 알마와 메이에게 속삭였다. 대장 이모도 토르월드를 믿지 못하는 거였다. 상관없다. 다른 누구보다 버드 자신이 지금 이 현실을 믿기 어려우니까.

"버드, 대신 숙제가 있어."

대장 이모였다.

"뭔데요?"

"집으로 돌아갈 때는 알았으면 좋겠어. 여기로 온 이유 말이야. 분명 이유가 있을 거야. 다른 사람은 몰라도 버드 너만은 그 이유를 알고 돌아가야 해."

대장 이모 말에 버드는 고개를 끄덕였다. 하지만 이유 같은 건 없었다. 운 나쁜 불시착일 뿐이었다.

그렇게 버드는 이 다국적 사과 밭의 식구가 되었다.

그때까지만 해도 버드는 곧 돌아갈 수 있을 거라고 믿었다. 사과 밭 사람들도 그렇게 믿었다.

단추를 찾아야 해. 찾기만 하면 그날로 떠날 수 있어.

버드는 하루에도 몇 번씩 되뇌었다. 하루는 단비에게 사인펜을 빌려 그림을 그렸다.

그림을 냉장고, 화장실, 현관에 한 장씩 붙였다.

대장 이모는 단추가 개암나무 열매 비슷하다고 했다.

알마는 아몬드.

메이 이모는 애플망고 씨앗.

단비는 아무 말도 하지 않았다.

이런 단추를 발견하면
바로 버드에게 알려주세요.

버드는 단비가 준 상자에 비행 슈트를 접어 넣었다. 토르월드에 대한 생각도 접어 함께 넣었다. 토르월드를 떠올리면 조바심만 나기 때문이었다. 조바심이 풀숲에 숨은 단추를 못 보고 건너뛰게 만들지도 몰랐다. 생각만 해도 아찔했다.

이곳에 적응해 나가는 수밖에 없었다. 버드가 먼저 해결해야 할 것은 시차였다. 그걸 시차라고 부르는 게 맞나? 공간차? 중력차? 토르월드와 비교하면 모든 게 무겁고 느리게 움직이는 것 같았다. 사과 밭에서 일하는 사람들, 바람에 흔들리는 숲, 구름이의 달리기, 날아오르는 새들. 발목에 모래주머니를 매단 것처럼 슬로 모션을 하고 있었다. 어느 때는 알마의 웃음소리마저 길게 늘어져 딸꾹질 소리처럼 들렸다.

시차 때문에 자주 멀미를 느꼈다. 이곳 사람들과 가까워지면 멀미가 좀 나을 것 같았다. 가까워지기 위해 먼저 사람들을 파악했다.

대장 이모:

① 우주에서 제일 부지런한 사람. 고개만 돌리면 언제 어디서나 뭔가를 하고 있는 대장 이모가 눈에 들어온다. 이모가 백 명쯤은 되는 것처럼 보인다.

② 멧돼지에게도 너그러운 사람. 지난밤, 멧돼지가 사과 밭을 파헤쳐 놓고 갔다. 사과나무 뿌리 근처에 사는 지렁이를 먹으려 그런 거라고 했다. 이모는 멧돼지가 이래 놓고 가는 게 나쁜 것만은 아니라고 했다.

"흙 사이사이 공기가 들어가서 땅이 부드러워져. 그럼 뿌리가 물을 빨아들이는 데 힘이 덜 들고."

대장 이모 때문에 자꾸 지구인이 좋아지려고 한다. 이러면 헌터 작업에 지장이 있을 텐데. 하긴 지금은 70년 전 지구야. 여기 사과 밭에 사냥 나올 일은 없겠지.

메이 이모:

정돈의 여왕. 이모 손이 스치기만 하면 모든 물건이 제자리에 놓인다. 구름이의 엉킨 털, 흙투성이 작업복들도 이모 손을 거치면 금세 깨끗해진다. 대장 이모는 메이 이모 발소리만 듣고도 사과밭 고랑에 흐드러진 민들레, 제비꽃, 질경이 꽃대가 가지런해진다고 했다.

알마:
별로 알고 싶지 않음.

처음부터 알마와 삐걱거린 건 운명이나 마찬가지였다. 카자흐스탄, 헝가리, 터키. 그 세 나라 말로 알마는 사과라는 뜻이란다(대장 이모의 귀띔). 그것도 모르고 사과가 멸종되었다고 떠들어 댔으니. 알았다 해도 달라질 건 없지만.

지금도 버드와 알마는 티격태격하는 중이다.
"버드, 너희 나라에서는 사과를 뭐라 불러?"
"거긴 나라가 아니에요. 월드지."
"그래? 그럼 월드에선 뭐라 불러?"
"'없는 것'이라고 불러요."
"아드(지옥), 거긴 아드야."
"아니, 니어바(천국), 거긴 니어바예요."
알마가 놀란 눈으로 쳐다본다. 네가 아드를 알아? 하는 표정이었다.

단짝 워킹의 부모님이 러시아 출신이라 버드도 러시아어 단어 몇 개는 알고 있었다. 워킹이랑 떠들다 보면 토르어, 한국어, 러시아어가 뒤죽박죽 섞이곤 했으니까. 워킹과 부모님이 떠올라 눈물이 터질 것 같았다.

"알마티는 정말 멋진 곳이죠?"

버드는 얼른 말을 돌렸다.

"아하, 이제야 버드가 버드다운 말을 하네. 두 번째 천국이지."

"하지만 거기도 모래 더미에……."

버드는 거기서 말을 멈추었다. 머지않아 그곳도 모래에 묻혀 사막으로 변해 버릴 거지만 사실대로 말해서 좋을 건 없었다. 그랬다가는 알마가 만든 사과파이를 다시는 먹지 못할 테니까. 며칠 전 알마가 만들어 준 파이는 우주 최강의 맛이었다. 휴, 사과파이 때문에 이제부터는 알마가 아니라 알마 이모다.

어디선가 한심해하는 워킹의 목소리가 들렸다. 버드, 그깟 파이 하나에 넘어간 거야? 지구인들이 어떤 사람들인지 잊은 거야? 잿더미가 되기 전에 얼른 탈출할 생각이나 하라고!

버드도 하늘을 올려다보며(거기 어디 토르월드가 떠 있을 테니까) 한마디 해 주었다. 네가 그렇게 숭배하는 주기율표는 누가 만들었지? 지구의 화학자들이 만든 거잖아!

사실 워킹한테 지고 싶지 않아 우겼을 뿐 버드 생각도 같았다. 지구인들은 지구를 찢어진 축구공 다루듯 했었다. 실컷 차고 놀다 저녁이면 골목 아무 데나 팽개쳐 버렸다. 셀 수 없이 많은 종을 멸종시켰고 자기 종을 향해서까지 똥볼을 날리는 사람들이었다.

후, 그런 지구인의 마을에 불시착하다니. 최악의 똥볼을 날린 사람은 바로 버드 자신이었다.

2주 넘게 한 방을 썼는데도 버드는 아직 단비랑 서먹했다.

그 애는 꼭 필요한 말 아니면 하지 않는다. 그래서인가? 같은 나이인데도 단비가 언니처럼 느껴질 때가 있다. 아니, 따져 보면 언니가 아니라 할머니다. 자신은 70년쯤 뒤에서 온 거니까.

서로 한 마디도 않고 잠드는 날이 대부분이었다.

구름이마저 없었다면 어쩔 뻔했나. 구름이를 사이에 두고 서로 등을 돌리고 잤다. 어쩌다 얘기하는 건 구름이에 관한 거였다. 버드는 그때까지도 구름이가 로봇강아지인 줄 알았다.

"워킹도 펫로봇을 키우고 있거든."

"워킹이 누군데?"

"제일 친한 친구."

"걔도 토르월드야?"

"당연하지. 걔 별명이 '걸어 다니는 주기율표'거든. 그래서 워킹이야. 새로운 원소를 발명하는 게 꿈인데, 그걸로 지금까지 누구도 보여 주지 못한 불꽃 드라마를 연출하겠다는 거야. 불꽃 드라마가 뭐냐면……"

"펫로봇 얘기나 해 봐."

단비가 말을 잘랐다.

버드는 그만둘까 잠깐 고민했다. 하지만 이번 한 번만 참아 주기로 했다. 더 서먹해지면 안 되니까.

"워킹은 로봇고양이를 기르고 있어. 털 대신 기다란 깃털이 달린 애야. 워킹이 뭐라 이름 붙인 줄 알아? 리튬. 깃털이 온통 빨강색이라 그런 이름을 붙여 준 거야. 리튬 불꽃색이 뭔지 알지?"

단비는 대답이 없었다.

"구름이도 만들 때 색을 넣어 달라고 주문했으면 더 나았을 텐데. 뭐, 지금도 나쁘진 않지만."

"구름이가 오줌똥 싸는 걸 보고도 그런 말을 해?"

"뭐? 토르에서도 그런 펫이 유행이라고. 일부러 오줌똥 기능을 추가해서 구입해. 몇 배나 더 비싼데도."

"그럼 혹시 너도 버드봇?"

"무슨 소리야? 난 순수 사람이라고!"

"네가 순수면 구름이도 순수야."

구름이는 자기 이름이 나올 때마다 엎드린 채 꼬리를 흔들었다.

얘기가 시작된 김에 버드는 토르월드 얘기를 더 하려 했다. 부모님이 떠올라 마음이 아렸지만, 워킹도, 리튬도, 젠도 그리웠지만, 그걸 참고 얼마든지 토르월드에 대해 들려줄 수 있었다. 하지만 단비는 이불을 머리 위까지 뒤집어쓰고 돌아누워 버렸다.

버드도 뻘쭘해 돌아눕고 말았다. 쟤는 토르월드가 궁금하지도 않나?

단비도 궁금하지 않은 건 아니었다. 하지만 이것저것 물었다가 버드의 말이 사실로 드러날까 봐 두려웠다. 엄마와 이모들은 버드랑 아무렇지 않게 농담을 주고받았다. 버드가 미래에서 왔다는 것을 믿지 않기 때문이다. 토르월드에서 왔다는 것을 믿지 않기 때문이다. 그래서 이것저것 물을 수 있는 거였다.

알마: 버드, 토르월드라고 했던가?

버드: 맞아요. 토르월드.

알마: 지구를 두고 왜 거기 산다는 거야?

버드: 지구는 살 만한 데가 못 되니까요.

알마: 이렇게 멋진데?

버드: 곧 그렇게 될 거라구요.

메이: 언제에요?

버드: 그러니까…… 아무튼 2060년에 토르월드로 이주가 시작돼요.

메이: 이주?

엄마: 이사 간다는 거야. 토르라고 했나? 거길 만든 사람이?

버드: 맞아요. 토르, 토르사, 토르월드!

알마: 날씨를 팔아서 그 돈으로 월드를 만들었다고?

버드: 이제 그만 얘기해요. 열 번도 넘게 해 줬잖아요.

알마: 들을 때마다 놀라워서 그래.

버드: 놀라운 게 아니라 놀리는 거잖아요.

알마: 애플파이 만드는 것처럼 날씨를 만들어서?

버드: 반죽은 다를걸요.

알마: 이것 봐, 버드. 애플파이는 누구나 만들 수 있어. 하지만 날씨는 신만이 만들 수 있어. 그리고 신은 자신이 반죽해 만든 걸 시장에 내놓지 않아. 절대로!

버드: 그걸 사지 않고는 살 수 없는 세상이 돼 버린다니까요!

단비는 그런 대화를 듣고 싶지 않았지만 자꾸 귀에 들어왔다. 자신도 모르게 하던 일을 멈추고 듣게 되었다. 언제부턴가는 날씨에 관한 뉴스에도 귀를 기울이기 시작했다.

이번 주 내내 뉴스 시간마다 호주의 산불 소식이 나왔다. 가뭄으로 바짝 마른 호주 대륙이 불타고 있었다. 폭격을 맞은 것처럼 피어나는 연기를 등지고 피난 차량이 끝없이 이어졌다. 몸에 불이 붙은 캥거루들이 화염 속에서 이리저리 날뛰었다. 인공위성에 찍힌 호주 대륙은 까맣게 타 버린 스테이크 덩어리처럼 보였다.

호주가 불타는 동안 마닐라와 자카르타에는 사상 최악의 폭우가 쏟아졌다. 미국 동부는 폭설로 마비되었다. 보스턴이 눈에 파묻히는 동안 남극의 기온이 영상 38도를 기록했다. 관측 이래 최고 기온이었다. 적도의 섬 갈라파고스에는 이상 한파가 닥쳤다. 나무에서 사는 이구아나들이 언 채로 떨어져 내렸다. 기상 캐스터가 호들갑스럽게 강조했다. 오늘 밤 이구아나 비가 내려도 놀라지 마십시오.

모두 버드의 말이 사실이라는 걸 보여 주는 뉴스 같았다. 버드가 엄마와 이모들 앞에서 떠들어 댄 토르월드 얘기가 머릿속에 들러붙어 떨어지지 않았다.

"토르사는 작고 낡은 창고에서 시작했대요. '날씨판매소'라는 간판을 달아 놓았지만 처음엔 주문이 거의 없었대요."

어쩌다 들어온 주문이라곤 영화 한 컷에 들어갈 안개나, 작은 텃밭에 드리울 작은 구름 덩이 따위였다. 그마저도 많지 않았다. 안개 분사용 프로펠러는 녹이 슬었다. 창고 구석에 쌓인 구름 결정용 약품들은 습기를 잃고 굳어 갔다. 하지만 하루가 다르게 이상해지는 지구의 날씨가 토르사의 손을 들어 주었다. 주문이 밀려들기 시작한 것이다. 낡은 창고 시절이 끝나고 지구 곳곳에 최첨단 생산 라인을 갖춘 토르사 공장이 세워졌다. 이제 자잘한 안개나 구름 따위와는 차원이 다른 게 나오기 시작했다.

지구 어디서나 토르사의 광고판을 볼 수 있게 되었다. 아마존의 불타는 숲에, 에베레스트의 무너져 내린 얼음 절벽에, 사하라 사막의 말라붙은 오아시스에…… 지구 어디에서든. 바티칸의 베드로 대성당 지붕에 세운 토르사 광고판은 스테인드글라스로 제작되었다고 했다. LA 할리우드 언덕, 백 년 넘게 서 있던 ＨＯＬＬＹＷＯＯＤ 아홉 글자가 뽑혀 나가고 토르사 광고판이 들어섰다.

"토르사 최고의 광고는 뭔 줄 알아요? 달에 띄운 광고예요. 밤하늘을 올려다보면 저절로 토르사 로고가 새겨진 광고를 보게 되는 거죠. 정말 멋지지 않아요?"

말도 안 되는 얘기였다. 떠벌이 버드. 단비는 버드의 목소리를 털어내려 머리를 흔들었다.

뉴스에 나오는 호주의 가뭄은 늘 있던 자연현상이었다. 마닐라는 원래 비가 많고, 보스턴의 눈도 당연하고, 마다가스카르에도 하룻밤쯤 얼음이 얼 수 있었다. 불길은 잡힐 테고 비는 그칠 거였다. 눈은 녹고 이구아나는 체온을 찾을 거였다.

버드가 온 뒤로 자신이 예민해진 것뿐이었다.

그날 아침, 단비와 버드는 옷장 앞에서 다투었다.

지금까지 단비는 버드와 한 방을 쓰고 자신의 옷과 신발을 나눠 입었다. 단비는 그것에 불만이 없었다. 하지만 아무렇지 않은 건 아니었다. 옷을 건네받는 버드의 표정 때문이었다. 마음에 들지 않지만 어쩔 수 없다는 표정이었다. 그런 표정을 감추려는 노력조차 하지 않았다. 단비가 아끼는 옷만 골라 내주는데도.

"지금부턴 네가 직접 골라 입어."

그날 아침도 버드 표정이 별로였다. 단비는 못 본 척하며 그렇게 말했다. 그러고는 버드가 미안해할까 봐 얼른 덧붙였다.

"이건 내 옷장이 아니라 우리 옷장이니까."

버드는 별로 고마워하는 표정이 아니었다.

단비는 상관없었다. 그걸 바란 게 아니니까. 이해했다. 아직도 불시착의 충격에서 빠져나오지 못했을 테니까. 정말 불시착이라면 말이다. 그런데 바로 그때 버드가 옷장 안을 훑어보면서 한숨을 내쉬는 거였다. 단비가 옆에 서 있는데도 아무렇지 않게.

"이럴 거면 입지 마."

단비는 옷장 문을 닫아 버렸다.

"왜 그래?"

버드가 놀란 표정으로 단비와 닫힌 옷장을 번갈아 쳐다보았다.

"네 비행 슈트 있잖아. 그거 입으면 되겠네. 내 옷이 촌뜨기들이나 입는 옷 취급받는 거 싫다고!"

그동안 단비 안에 쌓였던 것들이 터져 나오기 시작했다.

버드는 어느 날 갑자기 사과 밭에 나타나서는 모든 걸 흔들어 대고 있었다. 어른들은 바빠서 그럴 틈이 없겠지만 단비는 헷갈리고 혼란스러웠다. 지구가 그렇게 엉망이 된다고? 사과나무는? 토르월드는? 한편으로는 버드를 믿지 못하는 것에 죄책감이 들었다. 혼란, 의문, 죄책감. 사과 밭에 별똥별이 떨어졌다면 최소한 죄책감 따윈 없었을 것이다. 이런저런 생각으로 복잡한데 버드는 옷장 앞에서 한숨이나 내쉬고 있는 거였다.

"촌뜨기 같다고 생각한 적 없어!"

버드가 곧바로 반격해 왔다.

"그럼 한숨은?"

"어떤 옷이 조금이라도 가벼울까 고민하느라 그런 거야. 나한테는 옷들이 너무 무거워. 입고 있으면 주머니마다 돌을 가득 채우고 있는 것 같다고!"

순간 단비 머릿속에서 띵, 소리가 났다. 우주, 중력, 진공, 무게 등등. 어려운 단어들이 스쳐 지나갔다. 토르월드는 지구와 달 사이에 있다고 했다. 그러니 달만큼은 아니어도 지구보단 중력이 작을 것이다. 정말 거기서 왔다면 이곳의 옷이 모두 무겁게 느껴질 거였다.

맞나? 맞는 거 같다. 그럼 지금까지 버드가 했던 말이 모두 사실이란 건가? 그런 건가? 그럼 이제 어떻게 되는 거지?

단비는 자신의 조바심을 누구한테도 들키고 싶지 않았다. 하루 종일 아무렇지 않은 척 지냈다. 하지만 점점 더 마음이 무거워졌다. 혼자 있고 싶었다. 들키지 않고 있을 만한 장소를 몇 군데 알고 있었다. 호두나무 아래도 그중 하나였다. 저녁 무렵, 단비는 버드를 따돌리고 언덕에 올라갔다.

호두나무는 사과 밭 위쪽 언덕에 서 있었다. 외할아버지가 이 비탈에 사과 밭을 일구면서 심은 거니까 수령이 50년이 넘었다. 얼마나 큰지 저 아래 도로에서도 눈에 들어올 정도였다.

단비는 호두나무에 기대앉았다. 바로 앞 야트막한 둔덕이 가려 줘 여기서는 사과 밭이 보이지만 사과 밭에서는 이쪽이 보이지 않았다. 사과 밭 고랑에서 일하는 엄마와 이모들이 보였다. 버드와 구름이도 보였다. 단비 못 보셨어요? 버드 목소리가 들리는 것 같았다.

"어때? 괜찮아?"

단비는 등으로 호두나무를 쿵쿵 치며 물었다. 단단하고 묵직한 느낌이 등을 타고 전해 왔다.

해마다 호두나무는 사람들 입에 오르내리고 있었다. 사과탄저균 때문이었다. 코로나19만큼이나 무섭고 골치 아픈 사과탄저균은 사과 과육을 썩게 만든다. 문제는 탄저균이 호두나무를 좋아한다는 거였다. 호두나무에 기생하면서 근처 사과 밭으로 탄저균 포자를 날린다. 때문에 사과 밭 근처의 호두나무는 무조건 베어 버리는 게 상책이라고 했다. 하지만 외할아버지는 베지 않고 버텼다. 사과 밭을 물려받은 엄마도 마찬가지였다.

"날씨 때문이래, 탄저균이 느는 건. 너도 알지?"

갈수록 겨울이 따뜻해지고 무덥고 습한 여름은 길어지고 있었다. 이상해진 날씨 때문에 탄저균이 더 세고 많아진다고 했다. 해마다 나오는 얘기였다. 그냥 그런가 보다 했었다. 하지만 지금은 그렇지 않았다.

"어떡하지? 버드 말이 사실이면?"

저 아래, 버드가 자기를 찾는 걸 포기하고 집으로 내려가는 게 보였다.

"그날 새벽에 뭐 본 거 없어? 쟤가 정말 날아왔다든가 뭐 그런 거."

단비는 호두나무에게 물었다. 호두나무는 대답이 없었다.

어둑해지고 있었다. 저물어 가는 빛이 맞은편 골짜기를 비추었다. 거기 사과 밭이 눈에 들어왔다. 몇 년째 농사를 짓지 않아 버려진 밭이었다. 밭 중간쯤에서 무언가가 반짝이며 펄럭거리고 있었다. 비닐 재질의 독수리연이라는 걸 깨닫기까지 한참이 걸렸다. 새를 쫓기 위해 달아 놓은 연이었다. 색이 바래고 날개가 찢겨 나간 독수리가 혼자 남아 빈 사과 밭을 지키고 있었다.

"우리 사과 밭도 저렇게 될까?"

단비는 앉은 채로 마른 풀을 뜯어 뿌렸다. 흙먼지가 날렸다. 그런데도 멈출 수 없었다.

불청객 28일째

봄 방학이 끝나고 새 학기가 시작되었다.

다행이었다. 학교에 있는 동안이라도 버드한테서 놓여나 찬찬히 생각해 볼 틈이 생겼기 때문이다. 하지만 수정이가 그 틈을 밀고 들어왔다.

"사촌은?"

수정이는 만나자마자 그것부터 물었다. 방학 내내 수정이가 나오라고 할 때마다 사촌 핑계를 대고 거절했었다.

"사촌 뭐?"

"갔냐고."

"아직."

대답을 듣기도 전에 수정이는 벌써 핸드폰으로 이것저것 찍고 있었다. 언제나 그렇듯 산만했다. 그 점이 우정을 방해하진 않았다. 단비는 척하는 타입보다 산만한 타입이 나았다.

"거긴 아직도 방학인가 보네?"

찰칵.

"뭐?"

"토르월드 말이야."

"어? 어."

"언제 가?"

찰칵.

"모르겠어."

"한번 데리고 나와. 떡볶이 매운 맛을 보여 줘야지."

단비와 수정이는 유치원 때부터 단짝이었다. 초등학교 5학년 때 한 애를 두고 잠깐 연적이었던 두 달만 빼고 늘 붙어 다녔다. 둘 사이에는 비밀이 없었다. 하지만 버드에 대해선 어쩔 수 없었다.

버드는 오늘 아침 사과 밭 입구까지 따라 나오며 강조했다.

"내 얘기 누구한테도 하면 안 돼. 내가 돌아가기 전까지는."

단비는 그런 버드가 좀 우스웠다. 자기가 뭐라도 되는 줄 아나?

"김수정, 야말반도라고 들어 봤어?"

단비는 고개를 저어 버드를 털어내며 물었다.

"뭐?"

"야말반도."

"야말반도?"

수정이는 눈을 가늘게 뜨고 중얼거렸다. 콧방울이 커지는 게 보였다. 냄새를 맡는 거였다. 수정이는 단어마다 고유한 냄새가 있다고 우긴다.

"중국집 냄새가 나는데? 만두 종류?"

단비 표정을 보더니 얼른 정정했다.

"오호, 무협 웹툰이네. 근데 그거 네 장르 아니잖아."

"땅 이름이야. 북극 근처래."

"북극?"

"순록이 산대."

찰칵.

"아, 그 사슴 같은 애들?"

단비가 말이 없자 수정이가 툭, 치며 다시 물었다.

"근데 걔들이 뭐?"

"어제 뉴스에 북극이 나오더라. 얼음 수백억 톤이 녹아 내렸대. 몇 만 년 동안 얼어 있던 게 어제 하루 만에."

리포터는 빙산뿐 아니라 북극의 얼어붙은 땅이 녹으면서 그 아래 눌려 있던 메탄가스가 풀려나올 거라고 했다. 메탄가스는 이산화탄소보다 몇 배나 강력한 온실가스라고 했다. 지구온난화 속도는 무서울 정도로 빨라질 겁니다. 단비는 수정이에게 뉴스에서 본 걸 전해 주었다.

"진짜? 순록들 어떡해? 걔네 헤엄칠 줄 아나?"

"코로나보다 센 게 더 자주 올 거래."

"뭐? 더 센 게?"

몇 만 년 동안 얼음 아래 묻혀 있던 동물들의 사체가 드러나고, 사체에 묻어 있던 세균과 바이러스가 깨어나 활동을 시작하게 됩니다. 단비 귓속에서 리포터의 목소리가 울렸다. 단비는 힘이 쭉 빠지는 걸 느꼈다.

"오단비."

수정이가 눈을 가늘게 뜨고 쳐다보았다. 단비는 대답할 기운도 없었다.

"너 나한테 숨기는 거 있지? 너한테서 지금 뭔가 쎄한 냄새가 나거든?"

수정이가 코를 들이밀며 킁킁거렸다.

하마터면 단비는 다 털어놓을 뻔했다. 버드에 대해, 버드가 들려준 것에 대해. 버드와 약속했지만 수정이한테만 얘기하는 건 괜찮을 거였다. 하지만 수정이는 그 짧은 순간을 기다리지 못하고 또 뭔가를 찍고 있었다. 그놈의 찰칵 소리 때문에 털어놓을 마음이 싹 사라졌다.

마지막으로 한 번 더 기회를 줘 보기로 했다.

"수정아."

"어?"

"넌 사과가 사라지면 어떨 것 같아? 앞으로 평생 사과를 못 먹는다면 말이야."

수정이가 쳐다보지도 않고 대답했다.

"바나나 있잖아."

버드는 학교에 가는 단비를 볼 때마다 단비가 할머니뻘이라는 사실을 실감했다.

토르월드에서는 체육 수업이 있는 날만 학교에 간다(버드가 제일 싫어하는 과목이 체육이다. 토르사관학교가 멋진 것 중 하나는 체육 수업이 없다는 거다. '헌터'가 되는 데 배려, 협동 따윈 쓸모가 없기 때문이다). 다른 수업은 각자 집에서 받는다. 눈앞에 띄운 홀로그램 모니터가 학교인 거다. 그것도 모르고 이 오지의 식구들은 버드에게 단비와 함께 학교에 가고 싶은지 물었다. 으, 구닥다리 학교에.

"전혀요. 토르사관학교 말고 저에게 다른 학곤 없어요."

아무렇지 않은 척했지만 버드는 가슴이 아렸다. 아빠 비행 슈트를 입는 실수만 하지 않았다면…….

"너 거기에서 왔다고 하면 영웅 될 텐데."

알마 이모가 부추겼다.

"이모도 안 믿는 걸 걔들이 믿겠어요?"

알마 이모가 V자를 만들어 보이며 웃어 젖혔다.

"추진 단추 찾기가 제 수업이에요."

버드는 확실히 해 두었다. 단비에게도 확실히 말했다.

"오단비, 학교 갔다 와서 나 없어도 울지 마. 단추 찾아서 잘 떠난 거니까."

"꼭 그러길 바란다."

단비는 웃지도 않고 말했다.

버드는 버드대로 수업을 시작했다. 구름이와 함께 단추 수색에 나섰다.

하늘에는 매번 다른 모양의 구름이 떠 있었다. 토르사의 구름과는 차원이 달랐다. 다른 건 몰라도 지구의 구름만은 인정해 줄 만했다.

"구름은 봐도 봐도 질리질 않아."

버드는 산 너머로 흘러가는 구름을 보며 중얼거렸다. 앞서 걷던 구름이가 자랑스럽다는 듯 꼬리를 흔들었다.

하루하루 지나면서 골짜기가 연둣빛으로 바뀌어 갔다. 새싹들이 땅을 뚫고 올라오기 시작했다. 그것들이 단추를 감추고 있을지 몰랐다. 허리를 더 낮추고 집중해야 했다. 그러다 어느새 버드는 단추를 잊고 새싹들을 들여다보곤 했다. 그렇게 작고 부드러운 것이 어떻게 땅을 뚫고 나왔는지 믿기지 않았다. 토르월드에는 없는 종류의 감동이었다. 그 순간만큼은 엄마도, 토르월드도 잊을 수 있었다. 이번에도 어김없이 워킹이 부는 야유의 휘파람 소리가 들렸다. 헤이, 버드. 지구인 다 됐네. 즐거운 봄 소풍이야!

빈손으로 내려오면 이번에는 알마 이모가 놀렸다.

"헤이, 버드. 오늘도 빈손인 거야?"

정말 안타깝다는 표정으로 단추를 내밀기도 했다.

"이 단추로는 안 될까?"

별 모양의 플라스틱 단추였다. 어떤 날은 네모난 유리 단추였다. 알마 이모의 진심을 모른다면 화가 났을 거다.

"그거로는 알마티까지밖에 못 가요."

버드한테만큼이나 단비에게도 단추가 중요해졌다.

'옷장 사건'으로 단비는 버드의 말을 90퍼센트 믿게 되었다. 아니, 99퍼센트쯤. 토르월드, 폼페뉴 그리고 사과 멸종. 거짓말이 아닐 것 같았다. 그렇다 해도 아직은 99였다.

단비는 스스로에게 조건을 내걸었다. 단추가 정말 내 눈앞에 나타나면 믿을 거야. 그때까진 아니야. 아직은 남아 있어. 아닐 확률이 1퍼센트 남아 있어.

단비는 학교에서 돌아오면 버드의 단추 수색 작업에 합류했다. 지금까지는 버드 혼자 하게 내버려 둔 일이었다.

"왜 갑자기?"

버드가 떨떠름한 표정으로 물었다.

"일 퍼센트 때문에."

"뭐?"

"그런 게 있어."

단비는 그렇게만 대답했다.

둘은 그날그날 수색할 범위를 정해 움직이기로 했다. 무턱대고 찾으러 다닐 수는 없었다. 버드는 지금까지 자신이 발견된 사과나무를 중심에 두고 동심원 모양으로 넓혀가며 수색을 해 왔다. 단비 생각에는 좋은 방법이 아니었다.

"원이 아니라 저쪽을 향해 가면서 찾는 게 맞을 것 같아."

단비는 호두나무 언덕 쪽을 가리켰다. 거기서 더 올라가면 서창 할머니네 집이 나오고, 거기서 더 올라가면 이 골짜기에서 제일 높은 서쪽 봉우리가 나온다.

"왜?"

버드가 따지듯 물었다.

"네가 저쪽에서 날아온 거 같거든."

"어떻게 알아?"

"우리가 널 발견했을 때 네 머리가 동쪽을 향하고 있었으니까. 사람은 머리 쪽으로 날잖아. 토르인도 사람이라면 말이야.

"우리도 사람이거든. 지구인이나 마찬가지라고."

"지금 한 말 잊지 마."

어떤 날은 단비가 더 적극적이었다. 며칠 전, 바람이 세게 불던 날도 버드는 쉬고 싶어 했지만 단비가 부추겨 수색에 나섰다.

"왜 이렇게 열심이야? 얼른 단추를 찾아서 내가 돌아가기를 바라는 거야?"

버드가 따지듯 물었다.

"아니. 못 찾으려고 열심인 거야."

"뭐? 찾지 못하길 바란다는 거야?"

"비슷하게 달라."

"무슨 말이야? 나랑 헤어지기 싫다는 거야? 이거 눈물 날 것 같은데."

"웃기지 마. 내 코가 석자야."

버드는 어떻게든 단추를 찾아야 했다. 단비 자신은 어떻게든 단추를 찾지 못해야 했다. 단추 따윈 처음부터 없었다는 걸 증명해야 했다. 둘 다 최선을 다해야 했다.

서창 할머니는 사과 밭 위쪽의 산에서 산다. 호두나무 언덕에서도 한참 올라가다 모퉁이를 돌면 움막 비슷한 집이 나온다. 할머니와 움막의 나이를 합하면 천 년쯤 될 거다. 할머니는 그 집에 혼자 살고 있다.

움막 마당에는 녹슬고 곰팡이 슨 잡동사니가 쌓여 있다. 깨진

항아리, 뭐에 쓰였는지 모를 돌덩이와 흙부스러기들, 허물어진 장작더미. 전기를 쓰지 않는지 집에서는 불빛이 새어 나오지 않는다. 밤이 되면 움막은 세상에서 제일 깜깜한 곳이 된다. 집 뒤로 높다랗게 선 암벽 때문에 더 으스스해 보인다.

할머니는 하루도 거르지 않고 골짜기와 산을 누빈다. 비가 오나 눈이 오나 한결같다. 저 너머너머 산까지 할머니 발이 닿지 않는 곳이 없다. 들판에서 무언가를 캐기도 하고 골짜기 바위틈에서 버섯이나 열매를 따기도 한다. 헝클어진 머리에는 덤불이 엉켜 있고, 갈퀴 같은 손, 굳게 다문 입에 꿰뚫어보는 듯한 눈빛을 하고 있다.

"서창 할머닌 틀림없이 축지법을 쓰고 있어."

언젠가 단비는 엄마한테 말했다.

조금 전 분명 골짜기 아래 들판에서 마주쳤는데 어느새 뒷산 중턱을 오르고 있는 할머니를 본 뒤였다. 나무에 가려 할머니는 보이지 않았지만 할머니가 메고 다니는 노란색 배낭은 똑똑히 보았다. 엄마는 말도 안 된다며 웃었다. 하지만 단비 생각에는 틀림없었다.

작년에는 큰 사고가 날 뻔했다. 돼지열병이 돌아 야생 멧돼지 포획이 한창일 때였다. 군청에서 고용한 포수들이 산을 헤집고 다녔다. 그중 한 포수가 수풀 속 할머니를 멧돼지로 착각하고 쏜 거다. 다행히도 총알이 빗나갔다. 덤불 위로 벌떡 일어선 할머니를 보고 깜짝 놀란 포수들이 줄행랑을 쳤다고 했다.

줄행랑은 단비도 매번 하는 일이었다. 엄마가 호박죽을 쑤거나 알마 이모가 사과파이를 만들면 단비는 할머니네 심부름을 가야 한다. 지금은 메이 이모와 교대로 하지만 그 전까지는 단비 담당이 었다. 제일 하기 싫은 심부름이었다. 단비는 호박죽이 담긴 통을 마루에 던져 놓다시피 하고 줄행랑을 치곤 했다.

집에 와서는 꼭 투덜거렸다.

"거긴 귀신 나오는 집이라고."

그럴 때마다 엄마 반응은 똑같았다.

"할머니네 뒤란 안 가 봤지? 거기 텃밭을 보고는 그런 말 못할 걸?"

세상에서 제일 정갈하고 골고루인 텃밭이 거기 있다고 했다. 그 집 마당도 싫은데 뒤란까지 볼 생각, 단비는 손톱만큼도 없었다.

날이 갈수록 수색에 속도가 붙었다. 단추 수색대는 어느새 사과밭 울타리에서 꽤 떨어진 억새 덤불까지 진출했다. 단추는 여전히 깜깜이었다.

"도대체 어디야! 어디 숨은 거냐고!"

버드가 들고 있던 막대기를 내던지며 소리쳤다. 골짜기가 울렸다.

단비는 슬쩍 뒤돌아섰다. 이럴 때는 못 들은 척해 줘야 했다. 저 아래 우체국 봉고차가 집 쪽으로 올라오는 게 보였다. 주문 받아 택배로 보낼 사과를 실으러 오는 거였다.

"저 산 너머엔 뭐가 있어?"

등 뒤에서 버드가 화난 목소리로 물었다.

"저수지."

"댐 같은 거?"

"훨씬 작아."

"설마 우리 저 산을 넘을 일은 없겠지?"

"모르지."

"그럴 수도 있단 말이야?"

버드가 지른 소리에 놀라 돌아보려던 그때, 단비 눈에 서창 할머니가 보였다. 할머니는 저 멀리 산에서 내려오는 중이었다.

"어? 할머니네."

"뭐?"

"서창 할머니."

단비가 가리켰지만 버드는 관심 없다는 표정이었다. 서창 할머니는 곧 나무에 가려 보이지 않았다.

"고스빠지! 고스빠아쥐이!"

버드가 고개를 저으며 중얼거렸다. 알마 이모와 티격태격하면서도 어느새 이모 말투를 닮았다. 단비는 그런 버드가 우스워 픽 웃고 말았다.

"내가 저 산 너머 저수지 위로 날아왔을지도 모르잖아?"

"그렇지."

"그럼 단추가 거기 물속에 떨어졌을 수도 있겠네? 그럼 물속까지 수색해야잖아."

버드 표정이 정말 심각해졌다.

"그럴 일 없을걸?"

"왜?"

"이 골짜기를 수색하는 데만도 백만 년은 걸릴 테니까."

"악담하지 마. 정말 거기 빠졌으면 어떡하지?"

"예전에는 물이 가득했는데 지금은 바닥이 다 드러났어."

단비는 지역 뉴스 시간에 본 장면을 떠올렸다. 몇 년 동안 계속된 가뭄에 지금은 저수지가 아니라 웅덩이가 되고 말았다. 쩍쩍 갈라진 바닥 틈새마다 죽은 물고기들이 박혀 있었다.

"후, 다행이다."

"너한텐 그러겠지."

단비는 기운 빠지는데 버드는 도리어 기운이 나는 모양이었다. 버드가 다시 앞장서 수풀을 살피며 나아가기 시작했다.

단비는 버드 뒷모습을 지켜보다 천천히 걸음을 뗐다. 오늘은 그만 내려가자고 하려다 참았다. 저 앞 덤불까지만 하기로 했다.

"아, 제발 여기 어디 있었으면."

덤불에 도착했을 때 버드는 억새를 힘껏 젖혔다.

"쉿! 여긴 고라니 아지트야."

단비는 억새와 수크령이 우거진 이곳에 고라니가 드나드는 걸 본 적 있었다.

"뭐?"

"고라니 놀라게 하지 말자고. 우리 때문에 달아나면 안 되잖아."

하지만 잠시 후, 달아날 뻔한 건 고라니가 아니라 그 둘이었다. 덤불 안에서 무언가와 맞닥뜨린 거였다. 몇 발짝 앞에 있던 버드가 비명을 질렀다. 덤불 한가운데 서창 할머니가 우뚝 서 있었던 것이다. 단비도 엉겁결에 비명을 지르고 말았다.

"어? 어? 할머니."

단비는 더듬거리면서 한쪽 발을 뒤로 뺐다.

할머니의 쑥부쟁이처럼 부스스한 머리칼은 어김없이 풀어 헤쳐져 있었다. 스웨터에는 마른 풀이며 나뭇잎이 붙어 있었다.

"다, 단추, 단추를 찾는 중이었어요."

단비는 묻지도 않는 말을 중얼거렸다.

할머니는 단비 쪽은 쳐다보지 않았다. 버드만 쏘아보고 있었다. 퀭한 눈에서 뻗어 나오는 빛에 둘 다 옴짝할 수 없었다.

"멀리서 왔구나."

높낮이 없이 서늘한 목소리였다.

"네?"

버드한테서 간신히 목소리가 새어 나왔다. 단비와 버드의 눈이 마주쳤다.

어느새 할머니는 덤불 밖으로 사라지고 없었다.

"들었어?"

버드가 물었다.

"뭘?"

"저 할머니 뭔가 아는 것 같지 않아? 내가 어디서 왔는지 말이야."

버드가 얼빠진 표정으로 중얼거렸다.

"여기서는 서울도 아주 먼 데야."

단비는 아무렇지 않은 척 말했다.

"하긴."

버드가 실망한 표정으로 바닥에 털썩 주저앉았다.

하지만 단비도 분명 들었다. 멀리서 왔구나. 그렇게 말하던 할머니의 표정도 생생했다. 정말 뭔가 알고 있을까? 그날 새벽 버드가 날아오는 걸 본 걸지도 몰라. 할머니는 새벽부터 골짜기와 숲을 누비고 다니니 그럴 수 있었다.

"참, 여긴 고라니 아지트라며?"

버드가 단비를 올려다보며 따지듯 물었다. 잠깐 가졌던 기대가 꺼지면서 화가 난 거였다.

"맞아."

"근데 저 할머니가 왜 여기서 나와?"

"그게 뭐?"

"혹시 고라니가 할머니로 변신한 거 아냐?"

109

"그럼 작년에 내가 여기서 본 고라니는?"

"그땐 저 할머니가 고라니로 바뀐 거지."

둘의 눈이 마주쳤다.

순간 버드가 비명을 지르며 달려 내려가기 시작했다. 단비도 오싹해졌다. 그날 수색은 거기서 끝났다. 서로 앞서가려다 둘은 비탈에서 함께 나동그라지고 말았다.

서창 할머니와 마주 친 뒤로 버드가 달라졌다. 멍하니 앉아 있는 버드 모습이 단비 눈에 자주 띄었다. 단비가 학교에서 돌아와 단추를 찾으러 가자고 하면 고개를 저었다.

"그 할머니 말대로 난 너무 먼 데서 왔어. 너도 할머니 눈빛 봤잖아. 돌아가긴 어려울 거다, 하는 눈빛."

서창 할머니는 '너무'라는 단어를 쓴 적 없는데 버드는 그렇게 말하며 한숨만 내쉬었다.

할머니 눈빛은 별 뜻 없이 늘 퀭하다고 말해 줘도 소용없었다. 버드는 어젯밤에는 상자에서 비행 슈트를 꺼내 하염없이 들여다보고 있기까지 했다. 버드는 단추가 빠져나간 자리를 문지르며 중얼거렸다. 여기로 내 토르월드도 빠져나가 버렸어.

단비는 버드의 조바심을 눈치챘다. 조바심은 조바심을 알아볼 수 있으니까.

단비는 버드가 단추 찾기를 포기할까 봐 걱정되었다. 단추는 아직 남아 있는 1%의 유일한 증거였다. 버드의 말이 사실이 아니라는 증거. 토르월드 같은 건 없고 사과나무가 야말반도까지 쫓겨 갈 일도 없을 거라는 증거. 오랜 뒤에도 이 자리에 '단비네 사과 밭'이 남아 있을 거라는 증거.

단비는 자신이 왜 이리 단추에 집착하는지 알 수 없었다. 단추 어쩌고저쩌고하는 버드의 말을 믿지 않으면 그만이었다. 하지만 그렇게 되지 않았다. 최선을 다해 단추를 찾아야 했다. 그래야 최선을 다해 단추 같은 건 없다고 증명할 수 있었다. 그러려면 버드의 조바심을 누그러뜨려 주어야 했다.

"버드, 나랑 오로라 한번 키워 볼래?"

저녁밥을 먹다가 단비는 지나가는 투로 가볍게 던져 보았다. 진지하게 말하면 버드한테 괜한 의심을 살 수 있었다. 엄마와 이모들이 좋은 생각이라며 환영했다. 잘 알지도 못하면서.

"오로라? 저 오로라?"

버드가 창밖 하늘을 가리키며 물었다. 그러고는 곧장 말도 안 된다는 듯 투덜거렸다.

"오로라를 어떻게 키워?"

버드의 표정에 엄마와 이모들이 웃음을 터뜨렸다. 눈치도 없이.

"그 오로라가 아니라 새로 나온 사과 품종이야. 오로라처럼 황홀한 맛이라 그런 이름을 붙인 거래. 나도 아직 못 먹어 봤지만."

외할아버지가 심고 가꾼 사과나무들은 나이가 많았다. 해가 갈수록 열매 맛이 떨어지고 색깔도 곱지 않았다. 나무들은 병충해와 변덕스런 날씨에도 힘들어했다. 사과 밭 체질 개선이 필요하다고 생각한 엄마는 늙고 병든 나무를 캐내고 그 자리에 '오로라' 품종 다섯 그루를 심었다. 1인 가구 시대에 맞춰 나온 품종이라 혼자 먹기 적당한 크기에, 새콤달콤한 맛이 뛰어나다고 했다. 엄마는 그 다섯 그루를 단비에게 키워 보라고 맡겼다. 시험 삼아 해 보고 점차 늘려 나갈 계획이었다.

"3년이나 기다렸어. 올해 첫 열매가 열릴 거야."

단비는 '첫'에 힘을 실어 말했다.

"첫?"

버드 표정은 심드렁했지만 눈빛에 살짝 생기가 도는 듯했다.

사실 단비도 지금까지 오로라에 심드렁했었다. 엄마처럼 사과 농사를 지으며 살 생각은 꿈에도 해 본 적 없었다. 대학에 가면 그 날로 안녕이었다. 하지만 지금은 어떻게든 버드를 끌어들여야 했다.

"오로라를 베어 문 순간, 와! 입안에서 오로라가 쫙 펼쳐지는 거야."

단비는 오글거리는 걸 참고 황홀하다는 표정을 지어 보였다.

"다섯 나무여도 꽤 열릴걸? 우리 둘이 반반 나누는 거야. 어때?"

"그럼 반반이지."

엄마가 끼어들며 도와주었다.

"버드, 비밀 하나 말해 줄까? 이건 단비도 모르는 건데, 사실 단비랑 오로라는 자매야. 오단비, 오로라 같은 오씨거든. 버드 네가 오케이하면 이제 세 자매가 되는 거지."

으, 엄마의 유치하고 썰렁한 농담. 버드는 그래서 더 내키지 않는 모양이었다.

"버드, 거기가 어디라고 했지?"

이번에는 알마 이모가 도와주기 위해 나섰다. 알마 이모는 언제부턴가 자기 입으로 토르월드를 발음하는 걸 금하고 있었다.

"토르월드요."

버드가 부루퉁하게 대답했다.

"거긴 사과가 없다고 했지? 근데 버드 네가 사과를 들고 나타나는 거야. 짜잔!"

알마 이모가 이래도 튕길 거야, 하는 표정으로 버드를 쳐다보았다.

버드가 걸려드는 듯했다. 토르월드 광장에 내려서는 자신을 상상하는지 버드의 두 눈이 가느스름해졌다.

"언제 딸 건데요?"

버드가 물었다.

"고스빠쥐이!"

알마 이모의 과장된 표정에 한바탕 웃음이 터졌다.

"아직 꽃도 안 피었어. 열매는 시월에나 딸 거고."

엄마가 대답해 주었다.

"시월? 아……그렇게나 오래 걸린다구요? 사과 한 알에 거의 1년씩이나? 이건 너무 심한 낭비 아녜요?"

버드가 어이없다는 표정으로 머리를 흔들었다.

"토르월드에서는 어떤 열매도 일주일을 넘기지 않아요. 온실 수조에서 속성으로……."

사람들의 표정에 버드는 말을 멈추었다.

"햇빛이 하는 일에 낭비란 없지요, 버드 씨."

엄마가 미소를 지으며 말했다.

"비행 슈트에 사과를 넣을 공간이 없어요."

버드는 무안했는지 샐쭉한 표정으로 말했다.

"버드, 입에 물고 가면 돼. 새는 그러잖아."

알마 이모는 자기 말에 자기가 웃음을 터뜨렸다.

"그때까지 기다릴 수 없어요. 단추만 찾으면 내일이라도 당장 돌아갈 거예요."

버드에게 단추에 대한 의욕이 살아나는 듯해 단비는 반가웠다. 버드 말대로 단추가 내일이라도 나온다면 이런저런 고민할 필요가 없었다. 그걸로 끝이니까. 하지만 안 나오면? 모레도 글피도, 다음 달에도 안 나오면? 버드는 또 의욕을 잃고 수색을 게을리할 것이다. 그걸 막으려면 이럴 때 결정적인 한 마디를 날려 줘야 했다.

"돌아가는 거 아무도 안 말려. 하지만 나라면 좀 기다렸다 씨앗을 가져가겠어. 생각해 봐. 토르가 널 토르월드 최고의 헌터로 임명할걸? 멸종된 씨앗을 구해 왔는데."

단비는 말하는 내내 버드 표정을 살폈다. 버드 눈동자가 흔들리고 있었다.

단비는 아무렇지 않은 척 밥 한 숟갈을 크게 떴다. 후우, 이제 버드는 최소한 오로라를 딸 때까지는 수색에 최선을 다할 것이다. 물론 단비 자신도. 그러고도 단추가 안 나오면?

그래, 그땐 단추 따윈 없는 거다. 토르월드 따윈 없는 거다.

"알고 우울한 게 나을까, 모르고 행복한 게 나을까?"

"난 알고 행복할래."

찰칵. 뭔가를 찍어 대면서도 수정이가 대답했다. 대답을 들으려고 한 말이 아니었다. 그냥 중얼거려 본 거였다.

수업이 끝나고 단비와 수정이는 운동장 벤치에 30분 넘게 앉아 있는 중이다. 이번 주 내내 수정이한테 거짓말을 하고 일찍 헤어졌다. 미안했다. 오늘은 잠깐 시간을 내기로 했다.

국기 게양대 뒤 화단에서는 활짝 핀 진달래와 목련이 봄볕을 빨아들이고 있었다. 학교 울타리에는 환한 개나리. 예전에는 꽃들마다 차례가 있었다. 색과 모양이 다 다른 것처럼 피어나는 순서도 다 달랐다. 하지만 언제부턴가 꽃들이 한꺼번에 피어 버린다. 그리고 한꺼번에 져 버린다. 그것이 새로운 질서가 되었다.

"뭘 알고 뭘 모르는데?"

수정이가 흘끗 쳐다보며 물었다.

단비는 말없이 펄럭이는 태극기만 바라보았다. 지금쯤 버드는 단추 수색에 함께 가려고 자기를 기다리고 있을 거였다.

"잠깐, 오단비. 이쪽 봐 봐. 구름이 가려 줘서 지금이 딱이야."

찰칵. 얼떨결에 수정이 핸드폰에 또 찍히고 만다.

"김수정, 지금 막 북극 얼음이 일 센티 녹아내렸어. 그 찰칵 소리에."

단비와 수정이는 사진 찍는 것도, 핸드폰으로 검색하는 것도 줄이기로 했었다. 검색한 걸 불러오느라 데이터센터의 슈퍼컴퓨터 엔진이 돌아가야 하고, 그러려면 전기가 필요하고, 전기를 만들기 위해 석탄과 석유가 엄청나게 태워진대. 그때 나오는 이산화탄소가 온난화 주범이고. 단비는 책에서 읽은 걸 수정이한테 풀면서 떠들었었다.

"후, 또 그놈의 잔소리. 오단비, 난 새 발의 피야. 석탄 석유 때는 공장을 잡아야지. 공룡은 놔두고 왜 나만 갖고 그래."

수정이는 툴툴거리면서도 핸드폰을 내렸다.

"그래, 공룡…… 그걸……."

단비는 기운이 쭉 빠지는 걸 느꼈다. 이런 얘기만 나오면 답답

118

해지면서 힘이 풀렸다.

"참, 가지치기는 다 끝났어?"

언제 툴툴거렸냐는 듯 수정이가 통통 튀는 목소리로 물었다.

"가지치기 끝난 게 언젠데."

핀잔 투로 중얼거리던 단비 머리에 퍼뜩, 어제 가지치기로 거짓말을 했던 게 떠올랐다. 그 핑계를 대고 일찍 가야 한다며 수정이와 헤어졌었다. 사실은 집으로 가는 대신 군청 도서관에 갔다.『알수록 재미있는 날씨 이야기』,『날씨가 달라졌어요』라는 책을 번갈아 가며 이번 주 내내 읽는 중이었다.

"아, 쫌 남았어."

단비는 일부러 크게 한숨을 내쉬며 말을 바꾸었다.

"휴, 농사일이란 게 끝이 없어."

수정이가 한숨을 따라 쉬며 말했다. 수정이는 미술 시간에 지점토 주무르는 것 말고 흙 만질 일이라고는 없는 애였다.

"참, 알마 이모가 너 한번 놀러 오래. 바빠지기 전에."

이건 참말이었다.

수정이는 환성을 지르며 핸드폰 창에 달력을 띄워 들여다보았다. 알마 이모가 해 주는 사과파이를 수정이도 단비만큼 좋아했다. 그리고 버드만큼. 순간 수정이와 버드가 마주치는 장면이 떠올랐다. 아차, 싶었다.

"뭔가 뒤죽박죽인 거 같지 않아?"

단비는 심각한 표정을 하며 중얼거렸다. 얼른 화제를 돌려야 했다.

"뭐가?"

수정이가 단비를 쳐다보았다. 수정이의 최대 장점이 이거였다. 무엇이든 새로운 게 나타나면 방금 전의 것은 금세 잊는다. 단비는 그 점을 최고로 치는데 수정이 엄마는 미치고 팔짝 뛰겠다고 한다. 언젠가 엄마들끼리 얘기하는 걸 들었다.

"그냥 뭐, 날씨 그런 거."

"날씨? 오늘 괜찮은데?"

수정이가 하늘을 올려다보며 말했다.

"김수정, 넌 날씨를 사야 하는 세상이 오면 어떨 거 같아?"

"그걸 왜 사?"

"수학여행을 간다고 쳐. 근데 도저히 갈 수 없는 날씨인 거야. 그럴 때 날씨 회사에 주문하면 직원들이 출동해 여행 가기 좋은 날씨를 만들어 주는 거지."

"그냥 날짜를 미루면 안 돼?"

"미룰 필요 없다니까. 돈만 내면 날씨를 살 수 있어. 그런 세상이 올지 모른다고."

"수학여행비 무지 비싸지겠네."

"그러겠지."

"난 안 갈래."

수학여행 말고 다른 예를 들었어야 했다. 적당한 게 떠오르지 않았다.

그만 일어날까 하는데 운동장 건너편이 눈에 들어왔다. 분리수거장 옆 벚나무에서 꽃잎이 날리고 있었다. 올해 벚꽃은 관측 이래 제일 빨리 폈다고 했다. 맨날 그런 뉴스.

"눈이 저렇게 날렸어야 했는데."

탄성을 지르는 수정이 옆에서 단비는 혼잣말로 중얼거렸다.

엄마는 겨울 내내 하늘을 올려다보고는 했다. 눈을 기다린 거였다. 사과 밭과 주변 숲이 겨울 가뭄으로 바짝 말라 있었다. 하지만 눈 한 송이 내리지 않고 겨울이 가 버렸다. 눈 대신 엉뚱한 게 오기는 했다. 버드.

"단비야, 벚꽃도 지는데 나 오늘만 학원 빠지면 안 될까?"

수정이가 발치에 있는 돌멩이를 걷어차며 말했다. 그거랑 그게 무슨 상관이라고.

"날씨 사고파는 세상은 오는데 왜 학원 없어지는 세상은 안 오는 거야!"

"가자, 그런 세상 오기 전에."

단비가 일어서는데 수정이가 잡았다.

"스톱, 오단비. 지금 막 뭔가가 스쳤어. 날씨 날씨 배추씨 배추씨……. 단비야, 모르겠어?"

"뭘?"

"호박씨, 상추씨, 봉숭아씨, 사과씨. 그리고 날씨."

수정이는 씨앗이란 씨앗은 다 불러낼 기세였다.

"그게 뭐?"

"호박 더하기 씨는 호박씨. 그치? 그럼 날 더하기 씨는? 날씨. 그러니까 날씨도 씨앗 종류인 거야. 그날, 그날의 씨. 그치? 그럼 날씨도 씨앗처럼 사고팔 수 있겠네. 네 말처럼."

수정이네는 농협 앞에서 큰 가게를 하고 있다. 농기구부터 모종과 씨앗까지 안 파는 게 없다. 그래서인가 수정이 말이 꽤 그럴듯해 보였다.

"이런 천재를 봤나."

수정이가 자신의 머리를 두드리며 말했다.

"단비 아줌마, 안개 새로 들어온 거 있는데 안 사셔? 아참, 눈이 필요하다고 했던가?"

"이제 눈은 필요 없네요. 사과 밭에 뿌릴 봄비나 좀 싸 주시든가."

"몇 다발?"

"다섯 다발."

"굵은 걸로?"

"굵은 걸로."

"번개는? 이거 완전 신상인데. 아후, 그냥 줄 테니까 이걸로 저기 수학학원 지붕 한 대만 때려 주고 가."

"요런 쪼그만 데서 번개도? 아줌마, 그건 토르사에나 있는 거 아녜요?"

단비는 내친김에 그냥 더 하고 싶어졌다.

"번개 있으면 허리케인도 있겠네요? 가뭄도. 3년짜리 그거 하나면 아마존도 바싹 말려 버릴 수 있다는데. 밀림 태우는 덴 토르사 가뭄이 최고래요. 싹 태워 버리고 시원하게 길을 뚫어 줘요."

다시 그 증세가 나타났다. 갑자기 기운이 쭉 빠졌다.

단비는 일어나 교문을 향해 걸었다.

"토르사? 토르월드에 있는 회사야?"

수정이가 따라오며 물었다.

"참, 너 사촌 한번 안 보여 줄 거야?"

단비는 걸음을 빨리했다. 그놈의 사촌, 사촌. 거짓말 전략을 바꿔야겠다.

"잠깐, 오단비!"

수정이가 다급하게 외쳤다. 철렁했다. 뭔가를 눈치챈 건가? 단비는 침을 삼키며 천천히 돌아보았다.

"아까 보니까 너 주근깨 더 심해진 것 같던데? 내가 준 비비 다 쓴 거야?"

벚꽃이 지고 있었다. 너무 일찍 펴, 너무 일찍 지고 있었다. 사과 꽃은 안 되는데. 아직 피면 안 되는데.

외할아버지는 평생 영농일기를 쓰셨다.

사과 농사에 관한 모든 것이 누렇게 변한 아홉 권의 공책에 담겨 있다.

공책은 엄마, 정정미 여사의 아지트다. 힘들 때, 답답할 때 엄마는 아무 페이지나 열고 그 안으로 들어간다.

할아버지가 제일 중요하게 여기신 건 첫 사과 꽃이 핀 날짜였다.

그 꽃에서 한 해 농사가 시작되니까.

그 날짜만은 유일하게 빨간색으로 기록하셨다.

기쁘셨던 거다.

1979. 5. 9.
사과꽃이 피었다. 부사 7年生 2株

"이것 좀 봐!"

버드의 들뜬 목소리가 사과 밭에 울렸다.

"꽃이 폈어."

버드가 오로라 나무 앞에서 소리치고 있었다.

어제까지만 해도 버드는 시큰둥했다. 이런 나무에서 열매가 열리기나 하겠어? 꽃망울이 맺힌 걸 보고도 믿지 않았다. 그럴 만도 했다. 부사나 홍로 품종 나무들은 울퉁불퉁한 근육질의 전사였다. 거기에 비하면 3년짜리 오로라들은 볼품없는 애송이였다. 그런 나무에서 꽃이 핀 거였다.

"이 꽃에서 열매가 생길 거고, 열매 속에는 씨앗이 있을 테고. 오오, 씨앗이라."

버드는 혼자 떠들었다. 꿈꾸듯 눈을 가늘게 뜨기도 했다. 씨앗을 가지고 토르월드로 날아가는 자신의 모습을 그려 보는 듯했다.

"근데 표정들이 왜 그래요? 단비 너까지."

그제야 가라앉은 분위기를 눈치챈 버드가 둘러보며 물었다.

"안 좋은 일이 벌어지고 있거든."

알마 이모였다.

"무슨 일인데요?"

"꽃이 피는 거."

"그게 왜요? 모두 기다렸던 거 아니에요?"

"기다렸지, 기다렸어."

알마 이모는 더 얘기하고 싶지 않다는 듯 입을 닫아 버렸다.

"내가 어렸을 때는 5월에나 사과 꽃이 폈어. 작년에는 4월 9일에 첫 꽃이 피었어. 부모님 때랑 비교하면 한 달 넘게 빨라진 거야. 오늘이 며칠이지?"

엄마가 어두운 표정으로 단비를 돌아보았다.

"4월 1일."

단비는 대답하면서 벌써 핀 사과 꽃이 거짓말이었으면 좋겠다고 생각했다. 만우절 거짓말. 어젯밤 외할아버지의 일기를 들여다보고 있던 엄마 모습이 떠올랐다. 엄마는 뭔가 답답했던 거다. 그럴 때마다 할아버지 일기를 꺼내 읽곤 하니까.

126

"일찍 피는 게 왜 문제예요? 그럼 열매도 빨리 맺고 빨리 딸 수 있잖아요. 더 좋은 거 아녜요?"

버드는 여전히 이해하지 못하겠다는 표정이었다.

"일찍 꽃을 피웠다가 된서리를 맞을 수 있거든. 작년에도 한창 피고 있는데 서리가 내리는 바람에 꽃들이 얼어 죽었어. 언 꽃은 열매를 맺지 못해."

엄마가 두 팔을 들어 올리며 다독거리는 동작을 했다.

"워워. 애들아, 조금만 더 기다렸다 나와. 벌써 피기 시작하면 안 돼."

단비는 눈물이 핑 돌았다. 얼른 딴 데를 쳐다보았다.

"꽃 피는 걸 늦추려면 어떡해야 하는데요?"

단비는 그만했으면 싶은데 버드가 계속 물었다. 자꾸 묻는 버드도, 대답해 주는 엄마도 싫었다.

"더 따뜻해지지 말아야지. 한 일주일만이라도. 어떻게든 더 피지 못하게."

"후, 너무 간단한 건데. 사과 밭 위에 구름을 띄워 해를 가려 주면 되잖아요. 토르사에 주문하면 드론봇이 순식간에 해결해 줄 텐데."

버드의 표정이 진지했다. 상상해서 만들어 낸 얘기가 아닌 것 같았다. 단비는 그래서 더 참기 어려웠다.

"버드! 네가 지금 어디 서 있는지 몰라?"

단비가 쏘아붙였다.

사실 오로라 나무에 핀 꽃 앞에서 단비도 황홀했다. 이 나무가 피워 낸 첫 꽃이었다. 하지만 버드처럼 맘껏 좋아할 수 없어 화가 났다. 일찍 핀 게 버드 탓이 아닌데도 자꾸 버드에게 시비를 걸고 싶었다.

"버드, 너네 사과 밭이어도 그렇게 좋기만 할까?"

"무슨 말이야?"

버드가 어이없다는 표정으로 단비를 쳐다보았다. 엄마와 알마 이모도 눈을 동그랗게 뜨고 단비를 바라보았다.

"그래, 버드. 그런 방법이 있었네. 토르사에 주문 전활 하고 입금만 하면 되잖아."

엄마가 눈빛으로 단비를 나무라면서 수습했다.

"토르사에서 우리가 딱 원하는 날짜에 꽃을 피게 해 줄 수 있다 그거지? 로봇 직원들이라니 새참도 준비할 필요 없고."

단비는 고랑을 빠져나왔다. 바보 같고 역겹고 화나고 끝장인 기분이었다. 등 뒤에서 버드가 한 판 붙자는 목소리로 불렀다. 단비는 돌아보지 않았다.

"애들아, 워워."

등 뒤에서 엄마 목소리가 울렸다.

기온이 빠르게 올랐다. 나무마다 하얗게 핀 사과 꽃으로 뒤덮였다. 엄마는 하루에도 몇 번씩 관측소 홈페이지에 들어가 날씨 정보를 살폈다.

단비와 버드는 여전히 냉전 중이었다. 단비는 사과하고 싶었지만 버드가 틈을 주지 않았다. 말이라도 붙일라치면 공기 취급하며 못 본 척했다. 아직 사과 받고 싶지 않은 모양이었다. 처음엔 미안했는데 그런 단비의 마음도 점점 줄어 갔다. 걸핏하면 토르월드 얘기를 꺼내는 버드도 잘못이 없는 건 아니었다.

관측소에서 당분간 기온이 꾸준히 오를 거라는 예보를 내놓았다. 작년처럼 갑자기 기온이 뚝 떨어져 서리가 내릴 일은 없다는 뜻이었다. 엄마 얼굴이 환해졌다. 단비도 마음이 놓였다.

사과 밭이 부산하게 돌아가기 시작했다. 엄마와 알마 이모는 트럭을 몰고 가 벌통을 싣고 왔다. 근처 양봉 농가에서 사용료를 내고 빌려 오는 거였다. 엄마 말대로 이젠 벌도 사서 쓰는 세상이다. 엄마 어릴 적에는 꽃이 다 피기도 전에 벌들이 앞다퉈 날아왔다는데.

"꿀벌들 날개 소리에 사과 밭이 잔잔하게 울렸어. 그 소리를 듣고 있으면 자꾸 잠이 쏟아졌는데."

엄마가 트럭에서 내린 벌통을 고랑으로 옮기며 말했다.

"혼자는 못 들어. 둘이 함께 들어야 해."

엄마는 혼자 들고 가면서 외쳤다.

알마와 메이 이모가 벌통을 마주 들고 따라갔다. 단비와 버드 앞을 지나치면서 알마 이모가 눈을 찡긋해 보였다. 단비는 쭈뼛거리며 벌통 한 귀퉁이를 잡았다. 버드가 새침한 표정으로 반대편을 잡았다. 둘은 발맞춰 함께 가는 내내 한 마디도 하지 않았다. 단비는 아무 말이라도 하고 싶었지만 버드 표정이 아직도 냉랭했다.

"벌에 쏘인 거야? 둘 다 표정이 왜 그래?"

기다리고 있던 엄마가 벌통을 받아 주며 놀렸다.

"한 번 더 쏘여야 할 것 같아요."

저쪽에서 벌통 밑에 돌멩이를 괴고 있던 알마 이모도 놀리는 데 합세했다.

"그렇지? 어디 그럼 이 비싼 친구들한테 꽃보다 급한 게 있다고 부탁해 볼까?"

엄마가 벌통을 톡톡 치면서 말했다.

"얼마나 비싼데요?"

버드가 뚱한 표정을 풀지 않은 채 물었다.

"엄청 비싸지요. 벌이 이런 데 나오면 많이 죽거든. 살충제 때문에. 우린 덜해서 좀 낫지만. 그러니까 빌려주길 꺼려. 갈수록 벌도 줄고, 벌 치는 사람도 줄고, 그러니 비싸지요. 그래도 부탁해 볼 순 있어. 너희 둘 따끔하게 한 방씩 놔 달라고. 지금 바로 화해 안 하면 말이야."

벌통에서 빠져나온 벌 한 마리가 주변을 맴돌고 있었다. 구름이가 벌을 향해 뛰어오르면서 짖어 댔다. 단비가 말려도 구름이는 멈추지 않았다.

"얘들 빌리는 것도 올해가 마지막일지 몰라. 앞으로는 사람 사서 해야 될 거야. 꽃가루를 일일이 사람 손으로 찍어서 다른 꽃에 옮겨 줘야 돼. 벌이 했던 일을 사람이."

엄마가 허리를 펴며 한숨을 내쉬었다. 하지만 표정은 기대에 차 있었다. 단비는 엄마의 수다에 기분이 좋았다.

"사람들이요? 와, 그건 쫌. 토르 팜에서는……."

버드가 아차, 싶은지 말을 뚝 그쳤다.

"거기선 어떤데?"

단비가 물었다. 버드가 웬일이냐는 표정으로 쳐다보았다. 단비는 정말 궁금하단 표정을 겨우 짜냈다.

"거기선 로봇벌들이 알아서 하지."

버드가 대답했다. 목소리는 무뚝뚝해도 기분은 좀 풀린 듯 보였다.

"그렇겠지, 거기서는."

단비는 얼른 맞장구를 쳐 주었다. 오늘처럼 기쁜 날 분위기를 망치고 싶지 않았다. 버드가 노려보았다.

한참 동안 서로 노려보다 버드가 먼저 웃음을 터뜨렸다. 단비도 터뜨렸다. 한번 웃기 시작하자 멈출 수 없었다.

"아가씨들 왜 이러셔?"

엄마의 별것 없는 말에 둘은 다시 구를 것처럼 웃어 댔다. 그걸로 며칠간의 냉전 끝.

"내일은 잔칫날로 딱이겠는데!"

단비는 하늘을 올려다보며 소리쳤다. 구름 하나 없이 깨끗한 서쪽 하늘이 주홍빛으로 물들고 있었다. 맑고 따뜻한 날이 이어질 징조였다. 꿀벌들이 좋아하는 날씨였다.

"그럴 거야!"

어느새 저쪽 고랑으로 올라가면서 엄마가 소리쳤다.

모든 준비가 끝났다. 사과 밭 군데군데 벌통이 놓였다. 내일 아침, 햇살이 퍼지면 엄마는 벌통 문을 열 테고, 벌들은 부지런히 꽃밭을 누빌 거였다. 사과 밭이 결혼 잔치 마당처럼 떠들썩해질 거였다.

그리고

그날 밤.

눈이 내렸다. 밤새 내렸다.

사과나무들은 눈을 맞고 서 있었다. 야말반도의 순록들처럼 가만히 서서 눈을 맞고 있었다.

사과 밭이 눈으로 덮였다. 버드는 자신의 생각보다 훨씬 심각한 일이 벌어졌다는 걸 깨달았다. 어제까지만 해도 기분 좋게 술렁이던 꽃밭이 얼어붙어 버렸다. 오로라 나무에 핀 꽃들도 모두 눈에 덮여 버렸다.

메이 이모는 신발을 잃어버린 아이처럼 보였다. 알마 이모는 벌에 쏘인 표범처럼 으르렁거렸다. 대장 이모는 사라져 버렸다. 녹아 버린 건지 타 버린 건지 보이지 않았다. 단비는 학교에 갔다.

"잘 갔다 와."

버드의 인사에 대꾸도 없이. 단비 눈이 퉁퉁 부어 있었다.

버드는 답답했다. 눈을 내리게 하는 것도, 그치게 하는 것도, 쌓인 눈을 녹이는 것도 토르사의 기술로는 어려운 일이 아니다. 그런

133

간단한 문제를 두고 이곳 사람들은 빙하기가 닥치기라도 한 것 같은 얼굴을 하고 있었다.

오전 내내 대장 이모는 모습을 보이지 않았다. 이불을 뒤집어쓰고 울고 있는 걸까? 으르렁거리던 알마 이모는 이제 축 처져 있었다. 그렇게 기운 없는 모습은 처음이었다. 붉은 머리칼마저 힘없이 가라앉아 있었다. 버드는 다른 사람은 몰라도 알마 이모가 이러는 게 충격이었다. 알마 이모는 어떤 상황에서도 알마티까지 들리도록 웃어 젖히는 사람이어야 했다.

"이래서 토르가 날씨를 만들기 시작한 거야. 이런 사람들을 도와주려고."

버드는 혼자 중얼거렸다. 새삼 토르와 토르월드에 대한 자부심이 솟아올랐다. 지금이 2023년이라는 게 안타까울 뿐이었다.

버드는 밖으로 나왔다. 함께 있다가는 숨이 막혀 죽을 것 같았다. 눈발이 약해지긴 했지만 아직도 내리고 있었다. 버드는 창고에서 사다리를 끌고 나왔다. 토르월드 사람으로서 뭐라도 해야 했다. 지구의 이모들처럼 손 놓고 있을 수만은 없었다.

버드는 오로라 나무 앞에 사다리를 세우고 올라갔다. 어린 나무라 키가 크지 않아 다행이었다. 위쪽 가지부터 흔들어 눈을 털어내기 시작했다. 꽃잎이 조금씩 드러났다. 한눈에 봐도 얼어 버렸다는 걸 알 수 있었다. 얼어서 투명해진 꽃잎에 눈물이 핑 돌았다.

그런 자신이 이상해 버드는 헛기침을 했다.

한 그루를 끝내고 옆 나무로 사다리를 옮겼다. 손이 시려 겨드랑이에 넣고 녹여 가며 하느라 속도가 떨어졌다. 알마와 메이 이모가 마루에서 이쪽을 바라보고 있었다.

소용없는 짓이야, 버드. 이미 얼어 죽었다고. 그런 꽃은 열매를 맺지 못해.

알마 이모 목소리가 들리는 것 같았다. 그러거나 말거나 버드는 멈추지 않았다. 손은 곱아 오는데 그럴수록 오기가 났다. 단비 얼굴이 떠올랐다. 세상 끝난 것 같은 그 표정이라니.

시간이 얼마나 지났을까. 맨 먼저 메이 이모가 사과 밭으로 나왔다. 이모는 까치발을 하고 눈을 훑어 내렸다. 꽃이 떨어질까 봐 조심하느라 속도가 느렸다. 그래도 메이 이모의 손이 닿자마자 얼었던 꽃잎이 조금씩 기운을 내는 것 같았다.

팔짱을 낀 채 바라보고만 있던 알마 이모가 드디어 팔짱을 푸는 게 보였다. 추위를 많이 타는 메이도 눈을 털고 있어. 이 정도 추위에 팔짱만 끼고 있는 건 알마티 출신답지 못하지. 알마 이모의 생각이 버드에게 텔레파시로 전해졌다.

알마 이모는 장갑이랑 붓을 챙겨 나왔다. 역시 알마 이모. 붓 한 자루씩을 나눠 들고 눈을 털어 냈다. 속도가 나기 시작했다. 붓끝에서 얼어 버린 꽃잎들이 빠르게 드러났다. 버드는 뿌듯했다. 지구에 와서 처음으로 제대로 된 일을 하는 기분이었다. 단추는 잠깐 잊기로 했다.

버드는 이모들을 향해 큰 소리로 외쳤다.

"우리 고고학자들 같지 않아요? 국제, 아니 우주 꽃잎 발굴단!"

아침에 만나자마자 수정이는 호들갑이었다. 자기네 집 마당에서 찍은 거라며 핸드폰을 들이밀었다. 눈에 덮인 수선화와 철쭉이었다.

"진짜 예쁘지 않냐?"

무시했는데 옆에서 계속 화면을 넘겨 댔다. 눈을 뒤집어쓴 꽃들이 무수히 지나갔다.

"넌 뭐 없어? 눈 덮인 사과 밭 끝내줄 텐데."

단비는 더 참기 어려웠다.

"끝내줘. 너랑도 끝이고."

수정이가 충격도 안 받고 멀뚱히 쳐다보며 물었다.

"어? 오단비, 눈이 왜 그래? 운 거야?"

수업이 시작되었지만 단비 귀에는 선생님 말이 하나도 들어오지 않았다. 그냥 귓속이 웅웅거리기만 했다. 교과서도 펴지 않은 채 단비는 표지 귀퉁이에 세모만 그렸다. 선 하나에 엄마, 선 하나에 알마, 선 하나에 메이.

오늘 새벽, 이상한 느낌에 잠에서 깨어 밖으로 나갔을 때 엄마와 이모들은 눈 내리는 사과 밭을 바라보고 있었다. 너무 무서운 영화를 볼 때처럼 숨도 쉬지 않고 그냥 보고만 있었다.

다 얼어 버렸을까? 나무 아래쪽 꽃들은 괜찮지 않을까?

손은 세모를 그리는데 눈앞에서는 죽은 꽃술이 맴돌았다. 학교에 오기 전, 사과 꽃 한 송이를 따 눈을 털어 내고 갈라 보았다. 암술이 얼어 갈색으로 변해 있었다. 어제까지만 해도 노란 꽃술로 덮여 있던 거였다.

엄마는 당장 올해 어떻게 버틸까? 이모들 월급을 제대로 줄 수 있을까?

알마 이모는 아침에 눈을 뜨자마자 머리맡의 사진에 입을 맞추는 걸로 하루를 시작한다. 사진 속에서 남자아이 둘이 활짝 웃고 있다. 이모의 큰아이 데니스는 축구 선수가 꿈이다. 수줍음 많은 빅토르는 그리기를 좋아한다.

메이 이모네 아버지는 많이 아프다. 이모가 보내는 돈으로 병원에 가고 약을 산다. 아버지 병을 낫게 하고, 동생들 졸업시키는 게 이모의 꿈이다.

하지만 한 해 한 해 힘들어지고 있다는 걸 이모들도 느낄 것이다. 언젠가는 일손을 줄이게 될 거라는 걸 알고 있을 것이다. 두 사람 중 한 사람을 내보내야 한다면 누가 먼저일까? 알마 이모? 메이 이모? 엄마도 다른 농장처럼 그때그때 일손을 사서 써야 했을까? 엄마는 다른 방식으로 사과 밭을 꾸려 나가려 했다. 수입이 줄더라도 안정적으로 함께 일할 사람이 있는 방식을 택했다. 자선 사업 해? 주변에서 그렇게 말하면 엄마는 그저 웃어 넘겼다. 알마 랑 메이가 얼마나 열심인데. 자기 사과 밭인 것처럼 일한다고.

자꾸 눈물이 나오려고 해 단비는 입술을 깨물었다. 오늘 새벽의 엄마 얼굴이 떠나질 않았다. 엄마는 밤낮없이 일했다. 멧돼지가 뿌리를 헤쳐 놓고 가도, 고라니가 꽃눈을 따 먹고 가도 속상해하지 않았다. 고라니는 키가 작아서 아래쪽만 조금 따 먹고 마는데 뭐. 엄마는 호두나무를 베지 않고 버텼다. 어떻게든 농약을 안 써 보려고 애썼다. 하지만 농사를 지을수록 빚만 늘었다. 후우, 그만두고 싶다가도 꽃을 보면 또 힘이 난다니까. 저렇게 예쁜 걸 보고 어떻게 그만둬. 그런 엄마의 사과 밭에 어젯밤 밤새도록 눈이 내렸다.

하늘에서 아빠가 보고 있을까? 외할아버지가 보고 계실까?

2023. 4. 16.

사과꽃이 죽엇다.

외할아버지라면 일기에 그렇게 적으셨을 거다. 검은 글씨로.

단비는 책장이 패이도록 세모만 그리고 또 그렸다. 선생님이 바로 앞에 와 있는 것도 몰랐다. 얼어서 갈색으로 죽어 버린 암술만 눈앞에서 떠다녔다.

눈이 그친 건 세 시간째 꽃잎을 발굴하고 있을 때였다. 구름 사이로 해가 비쳤다. 해는 잠시 멈춰 서서 사과 밭을 내려다보았다. 눈이 사과 밭에 저지른 일과 세 사람이 해낸 일을 비교하는 듯했다. 그러고는 세 사람 편이 되어 주기로 했다. 해는 구름을 밀쳐 내며 빠르게 공기를 데우기 시작했다.

"호박죽 끓였어. 그만들 내려와."

언제 나왔는지 대장 이모가 고랑 입구에 서 있었다.

호박죽이란 말에 버드는 사다리에서 떨어질 뻔했다. 갑자기 몰려온 허기에 눈앞이 핑 돌았다. 알마 이모가 사과파이의 여왕이라면 대장 이모는 단호박죽의 여왕이었다. 우주에서 제일 맛있는 주황색이었다.

141

모두 밥상에 둘러앉아 말없이 죽을 먹었다. 뜨거운 단호박죽이 몸을 녹여 주는 동안 해도 빠르게 눈을 녹였다. 오후가 되자 기온이 더 올랐다. 세 사람이 한나절 가까이 매달리고도 몇 고랑밖에 해내지 못한 일을 해가 단번에 해치우고 있었다.

"이럴 수 있어요? 이럴 줄 알았으면 그냥 기다릴걸."

버드는 사과나무 가지에서 눈 녹은 물이 똑똑 떨어지는 것을 보며 투덜거렸다.

"아냐, 버드. 네가 해를 불러낸 거야."

대장 이모가 미소를 지었다. 겨우 웃는 거란 걸 알 수 있었다. 이모 입술이 까맣게 타고 갈라져 있었다.

"맞아, 사다리 위에 서 있는 버드가 마법사처럼 보였어."

알마 이모가 거들었다.

"으, 악당한테 칭찬은 처음이라."

버드는 어깨를 으쓱해 보였다. 일부러 동작을 크게 했다. 대장 이모를 어떻게라도 웃게 해 주고 싶었다.

"이래 봬도 제가 토르월드 출신이잖아요. 한 날씨 하죠."

"또 그 게임 얘기."

알마 이모가 항복한다는 표시로 두 손을 번쩍 들었다. 드디어 대장 이모가 웃었다.

버드가 죽 두 그릇을 더 비우고 나온 사이, 드디어 벌통 문이 열렸다. 미뤄졌던 결혼 잔치가 다시 열렸다. 이모들은 부랴부랴 고랑 바닥의 꽃들을 뽑고 있었다. 민들레와 제비꽃들이 눈 위로 고개를 내밀고 있었다. 다른 때라면 그냥 뒀겠지만 지금은 적이었다. 얼었다 녹은 사과 꽃은 향기가 나지 않아 민들레나 제비꽃에 벌을 뺏기기 쉬웠다. 벌들이 한눈팔지 않도록 해야 했다.

"들러리도 없는 결혼식이네요."

버드는 뽑혀 나온 꽃들을 보며 말했다. 대장 이모만 알아들었다.

"그러게."

이모 표정이 조금 나아진 것 같아 버드는 마음이 놓였다. 벌들의 날갯짓 소리가 사과 밭 고랑에 심벌즈 여운처럼 번져 갔다.

"자, 그럼 이 멋진 마법사께서는 절대 단추를 찾으러 이만 물러갑니다."

버드는 한껏 너스레를 떨고는 비탈을 올랐다.

숲은 그늘이 져 눈이 더디게 녹는 중이었다. 버드와 구름이는 몇 번이나 미끄러질 뻔했다. 그래도 발걸음이 가벼웠다. 오늘 모처럼 한 건 해냈다. 토르사의 기술을 배워 왔더라면 완벽하게 눈을 녹였겠지만 이 정도도 나쁘지 않았다.

"구름아, 오늘은 예감이 좋은데."

앞에 가던 구름이가 돌아보았다.

"고라니 할머니만 안 만나면 돼."

구름이도 같은 생각이라는 듯 꼬리를 흔들었다.

사실 오늘은 수색하기 꽝인 날이었다. 눈을 헤치며 찾아야 하니까. 그런데도 느낌이 좋았다. 마법사란 말까지 들은 뒤였다. 숲이 어제와 다르게 보였다. 곧 놀라운 일이 벌어질 것 같은 예감에 가슴이 뛰었다.

"해를 불러낸 것처럼 단추도 불러내는 거야, 구름아."

버드는 심호흡을 하며 숲으로 들어섰다.

저 앞쪽 나뭇가지에 노란 끈이 묶여 있는 게 보였다. 어제 수색이 끝난 지점이었다. 수색을 끝내고 돌아올 때는 늘 그 끈으로 표시를 해 두었다. 그렇지 않으면 어디까지 수색을 했는지 헷갈린다. 숲에서는 나무들이 모두 닮아 보였다.

버드는 나뭇가지에서 끈을 풀어 주머니에 넣었다. 끈은 오늘 수색이 끝나는 지점에 다시 묶어 두어야 한다. 하지만 오늘은 그러지 않아도 될지 몰랐다. 오늘로 수색이 마지막일 수 있으니까.

막대기로 눈을 헤치자 낙엽과 이끼가 드러났다. 구름이는 저 앞에서 킁킁거리며 눈을 헤치고 있었다. 종종 비행 슈트를 꺼내 구름이한테 냄새를 맡게 해 왔다. 일종의 수색견 훈련이었다. 비행 슈트 냄새를 기억하는 구름이는 거기서 떨어져 나온 단추 냄새도 맡을 수 있을 거였다.

시간이 꽤 흘렀다.

나무에서 떨어져 내리는 물에 버드 머리도 옷도 축축해졌다. 오늘도 허탕인가? 예감은 이게 아니었는데. 들뜨게 했던 예감이 가라앉고 있었다. 신발에 진흙투성이 눈덩이가 들러붙어 무거웠다. 양말까지 젖어 발이 시렸다. 머리 축축한 것보다 발이 축축한 게 더 싫었다.

"구름아! 가자."

버드의 화난 목소리가 숲에 울렸다.

조금 전까지만 해도 저 앞 바위 근처에 있던 구름이가 보이지 않았다. 숲이 이상할 정도로 고요했다. 나무에서 똑똑 떨어지던 물소리도 그쳤다. 살짝 긴장한 버드가 구름이를 다시 부르려는데 바위 뒤편에서 뭔가가 튀어나왔다. 구름이였다. 구름이가 버드를 향해 날다시피 달려오고 있었다.

"뭔데?"

구름이 표정을 보며 버드가 소리쳤다.

구름이가 지난번 그 할머니와 마주친 게 틀림없었다. 단비도 없는데 그 할머니라니. 이건 죽음이었다. 버드는 비명을 지르며 재빨리 몸을 틀었다. 무조건 달아나야 했다. 하지만 그 순간, 뭔가가 눈에 스쳤다. 낯설면서도 익숙한 것. 버드는 휙, 돌아보았다. 그 순간 그대로 기절할 뻔했다. 비행 슈트, 비행 슈트였다!

슈트 차림의 세 사람이 버드 쪽으로 다가오고 있었다. 버드는 처음에는 부모님을 알아보지 못했다. 엄마는 몰라볼 정도로 마른 데다가, 아빠는 어디서 구했는지 새 비행 슈트를 입고 있었다. 새 슈트였지만 그 안의 아빠도 엄마만큼이나 여위고 나이 들어 보였다. 아빠 옆의 모르는 사람은 토르월드 방위군이었다. 유니폼이 갈색인 걸 보면 AI였다. 톨게이트를 통과할 때 본 그 AI 같았다.

버드는 달려갔다. 엄마 아빠를 부르고 싶은데 목이 메어 소리가 나오지 않았다. 버드는 울음을 터뜨리며 엄마한테 안겼다.

하지만 엄마가 쑥 빠져나갔다. 아니, 자신이 엄마를 통과한 것 같았다. 다시 안겼을 때도 마찬가지였다. 아빠를 끌어안자 똑같은 현상이 나타났다.

"엄마!"

버드는 소리치며 엄마 비행 슈트를 잡고 흔들어 댔다. 엄마는 입술을 깨문 채 주변을 둘러보기만 했다.

"아빠!"

버드가 소리치며 팔을 젓고 발을 구르는데도 아빠는 알아보지 못했다. 방위군이야 그렇다 해도 부모님이 그러는 건 견딜 수 없었다. 이번에는 몇 발짝 물러났다가 아빠를 향해 돌진했다. 아빠 가슴에 부딪친 순간 버드는 어깨를 감싸 쥐며 비명을 질렀다. 튀어나온 고리에 어깨를 찍힌 거였다.

146

"구름아, 안 돼!"

언제 따라왔는지 버드의 비명에 구름이가 아빠를 향해 돌진하고 있었다. 말릴 필요 없다는 게 바로 드러났다. 구름이가 으르렁거리며 물어뜯어도 아빠는 아무렇지 않았다. 엄마처럼 참담한 표정으로 주변을 둘러보기만 했다. 순간 구름이도 뭔가를 느낀 것 같았다. 다리 사이로 꼬리를 말아 넣더니 버드에게 바짝 몸을 붙였다.

"지난번에도 보셨듯이 여기가 틀림없습니다."

방위군이 말했다.

오랜만에 듣는 토로어에 버드는 가슴이 저렸다. 지난번? 그럼 이번이 처음이 아니란 거잖아!

"버드는 여기 뭘 보러 온 걸까?"

아빠 목소리가 갈라졌다.

"이 모래뿐인 언덕에⋯⋯."

엄마가 눈물을 닦으며 중얼거렸다.

모래뿐이라고? 이렇게 나무가 빽빽한데?

순간 버드는 부모님과 자신이 다른 시간대에 있다는 걸 깨달았다. 바로 눈앞에 마주 보고 서 있지만 부모님은 2090년에 있는 게 분명했다. 자신은 2023년. 서로의 몸이 통과한 이유가 그거였다. 부모님은 거기 모래언덕에 서 있는 거야. 난 여기 눈 내린 숲에 서 있는데. 절망으로 가슴이 터질 것 같았다.

“아이들이니까요. 아이들은 이유가 없죠.”

방위군이 말했다. 그는 조금 전부터 그만 돌아가자는 말을 할 기회만 찾고 있었다.

부모님은 어떻게든 시간을 끌고 싶어 했다.

“이곳이 확실한가요?”

아빠가 물었다.

“모든 정보가 그렇게 말하고 있습니다.”

방위군이 지친다는 표정으로 대답했다.

“다른 가능성은요? 타임 스크류에 휩쓸려 다른 시간대로 이동했을 수도 있어요. 증명하지 못했을 뿐 그 비슷한 사고가 몇 건 있었잖아요.”

엄마가 조심스런 표정으로 따지듯 말했다.

역시 우리 엄마! 버드는 소리를 지르며 엄마를 안고 폴짝폴짝 뛰었다. 이번에 함께 돌아가면 무조건 착한 딸이 될 거다.

“두 가지를 말씀드립니다.”

방위군이 자기 헬멧을 톡톡 치며 입을 열었다.

“하나, 착륙 지점이 이곳인 건 틀림없습니다. 둘, 토르사 비행 슈트는 절대 타임 스크류에 걸려들지 않습니다.”

버드는 방위군에게 주먹을 날리고 싶었다. 하지만 그가 할 말이 남았다는 표정을 해 일단 들어 보기로 했다.

"한 번 더 확인해 드리겠습니다. 우리는 지금 여행 제한 구역에 들어와 있습니다. 이건 토르의 특별 허가가 있어 가능했다는 것, 그리고 이번 수색이 마지막이라는 것! 잊지 마십시오. 이제 돌아갈 시간입니다."

방위군이 헬멧을 썼다.

엄마가 울음을 터뜨렸다. 뒤돌아선 아빠 어깨도 심하게 들썩였다.

"엄마, 나야 나! 나 여기 있어. 아빠! 나라고! 날 좀 보라고!"

엄마 아빠가 어쩔 수 없다는 듯 헬멧을 썼다.

버드는 악을 썼다. 울 시간이 없었다. 이번이 마지막 수색이라고 했다. 어떻게든 함께 돌아가야 했다. 버드는 엄마 슈트의 벨트를 거머쥐었다. 손이 그대로 벨트를 통과했다. 아빠 허리를 안고 깍지를 꼈다. 마찬가지였다. 방위군이 비행 자세를 했다. 엄마의 흐느낌이 잦아들지 않는데도 방위군은 비행 카운트를 시작했다.

순간, 방위군의 비행 슈트에 달린 추진 단추가 버드 눈에 쑥 들어왔다. 버드는 재빨리 날카로운 돌조각 하나를 찾아 쥐었다. 무슨 방법을 써서라도 그 단추를 망가뜨려야 했다. 버드는 방위군에게 몸을 날렸다. 돌로 단추를 내리찍으며 밀어뜨렸다. 하지만 바닥으로 떨어져 내린 건 버드였다. 버드를 통과시킨 방위군이 날아오르고 있었다.

눈과 진흙으로 질척한 바닥에 누워 버드는 바라보았다. 비행 슈트 셋이 멀어져 가고 있었다. 슈트들이 점처럼 작아지다가 더 이상 보이지 않았다.

밤새 버드가 앓았다. 단비는 자주 깨어 버드의 이마를 짚어 보았다. 뜨거웠다.

다음 날도 그랬다. 버드는 아무것도 먹지 않았다. 엄마가 끓인 단호박죽에 숟가락도 대지 않았다.

"버드, 이것도 안 먹으면 애플파이는 영원히 없어."

알마 이모가 사과파이를 만들어 협박했지만 버드는 꿈쩍하지 않았다.

"눈 털어 내느라 몸살이 난 거야."

엄마는 병원에 가 보자며 버드를 달랬다.

"내가 왜 아픈지 내가 알아요. 그러니까 안 가도 돼요."

버드는 고집을 부렸다.

단비는 버드 이마에 올린 물수건을 자주 바꿔 주었다. 버드는 얼이 빠진 것처럼 멍하니 천장만 바라보았다.

"뭐 할 얘기 없어?"

둘만 있을 때 단비는 조심스럽게 물었다.

버드는 대답 없이 돌아누워 버렸다. 단비는 버드 등을 바라보다가 찬물에 다시 수건을 빨아 왔다. 이마에 얹어 주려는데 버드가 밀쳐 냈다.

"학교 안 가?"

"개교기념일이야."

"아무 일 없어. 귀찮게 좀 하지 마!"

단비는 버드의 '해를 불러낸 사건'에 감동 받은 상태였다. 버드가 짜증을 내도 얼마든지 참아 줄 수 있었다.

"너 산에서 내려왔을 때 온통 흙투성이였어."

단비는 이번에도 조심하며 말을 붙였다. 버드를 귀찮게 하고 싶지 않았다. 하지만 무슨 일이 있는 게 틀림없었다. 도와주고 싶었다.

"내려오다 굴렀다고."

"저기…… 그럼 이건?"

단비는 주머니에서 끈 하나를 꺼냈다. 수색 종료 지점의 나무에 묶어 두는 노란 끈이었다. 버드가 돌아보았다.

"왜 남의 호주머니를 뒤져!"

버드는 끈을 낚아채며 소리쳤다.

"하긴 남의 호주머니 아니지. 네 옷이지, 오단비 네 거. 내가 빌려 입는 신세니까."

버드가 비아냥거렸다.

"뒤진 거 아냐. 세탁기에서 옷 꺼내다 발견한 거야. 왜 거기 묶어 두지 않고 내려온……."

단비 말이 끝나기도 전에 버드는 다시 돌아누워 버렸다.

"그 할머니랑 마주쳤어. 도망치느라 깜박 잊고 그냥 온 거야. 그러다 넘어진 거고. 이젠 더 묻지 마."

무슨 일이 있었던 걸까?

버드는 식사 시간에도 나오지 않았다. 이불을 뒤집어쓰고 누워 있다가 단비가 들어가면 벽 쪽으로 돌아누웠다. 단추를 찾으러 가자고 해도 꿈쩍하지 않았다. 필요 없어. 그 말만 했다.

"집에 가고 싶을 때도 됐어. 그만 돌아가겠다는 말이 곧 나올 거야."

엄마 말에 이모들은 동의했다. 그들은 여전히 토르월드를 믿지 않는 거였다. 단비는 그럴 수 있는 어른들이 부러웠다.

사과 밭은 사과 밭대로 바쁘게 돌아갔다.

꿀벌 발자국이 찍힌 자리마다 콩알만 한 열매가 생겨났다. 열매들은 하루가 다르게 커 갔다. 엄마는 열매가 햇빛 빨아들이는 소리를 들을 수 있다고 했다. 메이 이모가 어떤 소리냐고 물었다.

"단비가 젖 빨던 소리지."

하필이면.

엄마 젖이 불어나는 것처럼 햇빛이 불어났다. 꿀떡꿀떡 삼키고도 남은 햇빛이 열매 입가로 흘러내렸다.

아, 꽃다지는 지치지도 않아.

풀과의 전쟁이 시작되었다. 고랑의 풀은 뽑고 돌아서자마자 어느새 또 발목까지 자라 있었다. 엄마와 알마 이모는 예초기를 메고 고랑을 누볐다. 칼날이 잘못 스치면 돌멩이가 튀어 올랐다. 잘려나간 풀은 은은한 향을 내며 말라 갔다. 흐린 날이면 향이 짙어졌다. 그러다 소나기라도 퍼부으면 모두 고랑에서 뛰어나와 집으로 달렸다. 모처럼 쉬었다 갈 수 있는 기회였다.

"마리아가 소나기로 변해서 오신 거야."

알마 이모는 빗속을 달리며 성호경을 그었다.

손이 빠른 메이 이모는 벌써 프라이팬에 기름을 두르고 있었다. 골짜기에 고소한 냄새가 퍼졌다. 엄마와 이모들은 부추전에 막걸리도 한 잔씩 했다. 메이 이모는 한 잔만 마셔도 얼굴이 빨개졌다.

고소한 냄새에 드디어 버드가 방에서 나왔다.

모두 환한 얼굴로 자리를 내주었다. 메이 이모가 버드 손을 꼭

쥐었다가 놓았다. 알마 이모는 버드에게 '백만 송이 장미'를 불러 주었다. 카자흐어로 불러서인지 이모의 장미가 심수봉의 장미보다 더 빨갛고 억셌다.

단비는 코끝이 찡했다. 며칠 사이 버드 얼굴이 핼쑥해져 있었다. 도대체 버드한테 무슨 일이 있었던 걸까?

워킹은 인터뷰를 지켜보는 내내 한숨을 내쉬었다.

며칠 전 지구에서 수색을 마치고 돌아온 버드 부모님이 기자들에 둘러싸여 있었다. 인터뷰 사이사이 수색에 사용된 장비가 화면을 채웠다. 토르사에서 천문학적인 비용을 들여 제작한 비행 슈트와 나노 캡쳐였다. 버드의 유전자와 체취, 음성의 흔적까지 잡아낼 수 있는 캡쳐라고 했다.

"슈트 파편이라도 찾길 바랐지만……."

인터뷰 내내 담담한 표정이던 버드 아빠가 말을 잇지 못했다. 울음을 참는 모습이 클로즈업되었다.

"하지만 저희는 포기하지 않습니다."

버드 엄마가 카메라를 향해 힘줘 말했다.

워킹은 더 보고 싶지 않아 화면을 지워 버렸다. 버드 부모님이 얼마나 힘들게 버티고 있는지 워킹은 알고 있었다.

사관학교 입학을 앞둔 학생의 실종이라 버드는 처음엔 반짝 관심을 받았다. 하지만 조금씩 잊히는가 싶더니 버드의 '버'자도 오르내리지 않게 되었다. 버드 부모님의 눈물겨운 호소도 소용없었다. 그 무렵, 지구의 카슈미르 고원에 있는 토르사 제13공장에서 엄청난 폭발 사고가 일어났다. 지구인 수만 명이 숨지고 AI봇 직원들이 회복 불가능할 정도로 녹아 버렸다고 했다. 한 달 넘게 매일 그 뉴스였다. 버드는 완전히 잊혔다.

뉴스에 변화가 생긴 건 인도계 토르인들로부터 불만이 터져 나오면서부터였다. 폭발 사고 피해자의 대부분이 가난한 인도 노동자였는데, 수습 과정에서 공장 책임자가 노동자보다 AI봇을 먼저 구출하라는 지시를 내렸다고 했다. 토르사 핵심 부서에서 일하는 인도계 과학자들의 움직임이 심상치 않다는 소문이 돌기 시작했다. 진상 조사를 요구하는 목소리가 나오기 시작했다.

바로 그때 토르가 등장했다. 토르가 버드의 부모를 깜짝 방문한 것이다. 보랏빛 특수 안개에 싸인 토르의 실루엣이 버드 부모님을 위로하는 장면이 모든 화면에서 되풀이되었다. '버드 붐'이 일기 시작했다. 기자들이 버드의 집으로 몰려왔다. 단짝이라는 이유로 워킹에게도 인터뷰 요청이 밀려들었다. 폭발 사고에 관한 뉴스는 곧 자취를 감추었다.

"버드도 이런 걸 알고 있을까?"

워킹은 바닥에 엎드려 있는 리튬에게 물었다. 리튬이 워킹의 기분을 읽고는 무릎으로 튀어 올라왔다.

"알면 돌아왔겠지."

리튬이 울적한 목소리로 대답했다. 리튬은 버드 때문에 우울해하는 워킹을 지켜보는 게 우울했다.

"그래, 오고 싶지만 그럴 수 없는 상황인 거야. 버드가 지구를 어떻게 생각했는지 리튬 너도 알잖아. 다른 사람은 몰라도 버드는 지구에서 하루도 살 수 없어."

버드 부모님은 토르의 지원을 두고 많이 고민했었다. 폭발 사고로부터 사람들의 관심을 돌리는 데 버드가 이용당한다는 걸 알기 때문이었다. 하지만 토르의 지원을 받아들여 수색을 다녀왔다. 그럴 수밖에 없었을 것이다. 그리고 빈손으로 돌아왔다. 두 번 다.

"죽었을지도 몰라."

리튬이 말했다.

"리튬!"

워킹은 소리치며 리튬을 바닥으로 던져 버렸다. 리튬에게 자신의 두려움을 들킨 것 같아 화가 났다. 아슬아슬하게 착지한 리튬이 워킹에게 혀를 내밀고는 나가 버렸다.

도대체 버드한테 무슨 일이 있었던 걸까?

이제 분명해졌다. 아무도 구하러 오지 않는다. 돌아갈 수 있는 방법은 단추뿐이다. 그것뿐이다. 버드는 하루에도 몇 번씩 되뇌었다.

버드는 일주일 넘게 멈춘 수색을 다시 시작했다. 지난번 거기서부터 이어 가면 되었다. 마음 굳게 먹고 그 자리를 다시 찾아갔다. 부모님이 다녀갔다는 흔적은 어디에도 없었다. 차라리 그편이 나았다.

하지만 오늘도 빈손.

실망하지 않기로 했다. 노란 끈을 나뭇가지에 묶어 두고 내려왔다.

다음 날도 빈손.

그다음도, 또 다음 날도…….

믿음이 필요했다. 돌아갈 거라는 믿음. 오로라 씨앗과 함께 토르월드로 돌아갈 거였다. 반드시 그렇게 될 거였다. 문득, 오로라 나무가 버드 자신의 수호신이 되어 줄 것 같았다. 버드는 매일 오로라 열매 수를 확인하기로 했다. 지금까지 해 온 불시착 날짜 헤아리기에 오로라 개수도 함께 세기로 했다.

"83, 139."

오늘은 불시착 83일째, 오로라 열매 139개.

"92, 124."

"95, 119."

하루하루 열매가 커 가면서 문제가 생겼다. 열매들이 그냥 떨어져 버리는 것이었다. 다 크기도 전에 이제 그만 자라고 싶다는 듯이. 아침에 나가 보면 나무 아래 한두 개씩 떨어져 있었다. 오로라보다 나이가 많은 품종들은 더했다.

"103, 112."

"107, 99."

역전되었다. 불시착 107일째 되는 날, 오로라는 99개로 줄어 있었다. 버드는 떨어진 열매를 실로 묶어서라도 가지에 다시 매달아 주고 싶었다.

"언 꽃에서 생겨난 거라 그래. 예상했던 거야."

버드의 침통한 표정에 대장 이모가 말했다.

"더 떨어지지 않기만 바라야지."

각오한 일이라는 듯 덤덤한 표정이었지만 버드는 대장 이모 마음이 어떨지 알 것 같았다.

열매가 계란만 해졌을 때 오로라는 67개로 줄어 있었다.

열매가 조금 더 커지자 이번에는 모양에 문제가 생겼다. 동그랗지 않고 찌그러진 모양이 나타나기 시작했다. 껍질에 얼룩무늬가 생긴 것도 있었다.

대장 이모는 열매 사진을 찍어 '단비네 사과 밭' 홈페이지에 올렸다. 오랫동안 인연을 맺어 온 소비자들에게 미리 알리는 게 좋겠다고 했다.

우리 사과 밭 엉덩이 빠진 친구들을 소개합니다.

지난 4월 16일 사과 밭에 눈이 내렸어요. 한창 피어나던 꽃들이 밤새 내린 눈에 얼어 버렸어요. 반 넘게 져 버리고 버틴 꽃들만 겨우 열매를 맺었습니다. 헌데 언 꽃에서 생긴 열매라 그런지 모양이 또 이러네요.

올해도 변함없이 구입하겠다는 약속과 응원의 글이 달렸다.

"올가을엔 개성 만점 사과로군요. 벌써부터 심장이 두근두근."

"동그랗기만 한 사과 이제 물립니다. 얘들아, 기죽지 마! 이대로 가을까지 쭈욱! 우리 꼭 만나는 거다."

"잡스 형님께서 이렇게 멋진 애들을 못 보고 떠나셨다니…… 애플 로고가 달라졌을 텐데. 형! 보고 있는 거야?"

불청객 120일째

'청수사과원' 아저씨가 올라온 건 점심을 먹고 막 밭에 나왔을 때였다.

엄마와 이모들은 덧거름을 뿌리고 열매 솎아 내는 작업을 하기로 했다. 단비와 버드는 오로라 나무 고랑의 풀을 뽑은 다음 단추를 찾으러 갈 계획이었다.

"얼렁 와요, 삼촌."

주춤하면서 다가오는 아저씨를 엄마가 반갑게 맞았다.

아빠가 살아 계실 때 아저씨와 아빠는 좋은 술친구였다. 단비는 고개를 꾸뻑했다. 인사를 받는 아저씨 표정이 애매했다. 버드를 훑어보는 눈빛도 마음에 걸렸다.

단비는 버드를 끌고 고랑으로 들어섰다. 어쩐지 아저씨 눈길에서 벗어나 있고 싶었다.

"누군데?"

버드가 끌려오면서 물었다.

"저 아래 사과 밭 아저씨."

나무 사이로 엄마랑 아저씨가 보였다.

"바쁠 텐데 어쩐 일이에요?"

엄마가 쭈뼛거리는 아저씨에게 먼저 물었다. 평소와 다른 아저씨 모습에 엄마도 살짝 긴장한 것 같았다.

"우리 양수기가 문젠가? 쉬지 않고 돌아는 가는데 영 시원찮아서……. 물이 예전만큼 올라오질 않네요."

"그러게, 비가 좀 와 줘야 할 텐데 큰일이네요."

한 달 넘게 비가 오지 않았다. 골짜기에 있는 사과 밭들이 모두 바짝 말라 있었다. 단비네도 울타리 근처 양수기 두 대가 쉬지 않고 지하수를 끌어올려 사과 밭에 뿌리지만 턱없이 부족했다.

"여긴 어떤가 해서요. 여기가 위쪽이니까 아무래도 저 아래로 오는 물이 준 거 아닌가 싶기도 하고……."

"어? 그게 무슨 말이에요, 삼촌?"

엄마는 얼른 이해되지 않는다는 표정을 했다.

근처에 계곡이라도 있고 거기서 물을 끌어다 쓰는 거라면 그럴 수 있었다. 위쪽에서 많이 쓰면 아래쪽으로 갈 물이 줄어들 테니까. 하지만 이 골짜기에는 계곡이 없어 각자 지하수를 파 물을 끌어올려야 했다. 위쪽, 아래쪽이 상관없었다. 단비도 아는 걸 아저씨가 모를 리 없었다.

"기사 말로는 모터에 이상이 없다는데 영 시원찮네요. 그러니까⋯⋯."

아저씨가 말끝을 흐렸다.

어쩐지 단비는 아저씨가 하고 싶은 말이 따로 있는 것 같았다. 엄마도 눈치챈 것 같았다.

"그럼, 오늘 내일 우리 모터를 꺼 볼게요. 변화가 있는지 알려 줄래요?"

엄마가 활달한 목소리로 정리해서 돌려보냈다.

그날 저녁, 아저씨 얘기가 다시 나왔다.

"엄마, 아저씬 다른 불만 때문에 온 거야. 우리 밭에 농약을 안 하니까 해충이 자기네 밭으로 몰려온다는 거. 그게 늘 아저씨 불만 이었잖아. 아저씬 그 말을 하러 올라온 걸 거야. 물은 핑계고."

단비는 딱 잘라 말했다.

작목반 사람들 사이에서 아저씨의 그런 불만이 돈다는 걸 엄마도 알고 있었다. 속상해하면서도 엄마는 그러려니 해 왔다.

"엄마 말대로 겨울은 따뜻하고 여름은 길고 덥고. 그러니 해충 이 안 늘 수 있겠어? 다음번에 또 오면 그렇게 말해. 우리 때문이 아니라 날씨 때문이라고. 엄마가 얘기 안 하면 내가 할 거야."

아저씨는 좋은 이웃이었다. 일손이 급할 때는 서로 품앗이로 돌아가며 일을 봐 주곤 했다. 단비도 그걸 모르는 건 아니었다. 그런데도 뭔가 찜찜한 게 가시지 않았다.

"아우, 단비 박사님 나셨어요. 아저씨도 답답해서 그런 거지."

"답답한 걸 왜 여기 와서 그러냐고."

"우리나 거기나 올 농사를 냉해로 시작했잖아. 거기다 이렇게 비까지 오질 않으니 아저씨도 속이 타는 거야. 그래서 올라와 본 거야."

"후우, 이래서 토르가 나타나신 거네요. 난 토르가 위대한 사업가인 줄만 알았는데 이제 보니 전사였어요. 지구인을 날씨에서 해방시켜 준 전사!"

갑자기 끼어든 버드가 대단한 걸 깨달았다는 표정으로 사람들을 둘러보았다. 그러다 단비와 눈이 마주쳤다.

단비는 고개를 돌려 버렸다.

"엄마 걱정 많이 해요."

썰렁해진 분위기가 어색했는지 메이 이모가 말을 꺼냈다. 말수적은 이모가 입을 열면 모두 집중하게 되었다. 이모가 손짓과 표정을 섞어 힘들게 말한 걸 정리하면 이랬다.

캄보디아의 이모네 동네에는 연꽃으로 덮인 커다란 습지가 있다. 마을 사람들은 그 습지에 매달려 살아간다. 이모네 엄마도 좁다란 나무배를 밀고 다니며 연꽃과 연밥을 딴다. 그걸 시장에 내다 팔아 생활한다. 하지만 몇 년째 가뭄이 계속되면서 습지가 줄어들고 있다. 이웃끼리 다툼이 벌어지기 시작했다.

"옛날 모두 착해요. 지금 싸워요."

메이 이모 표정이 슬펐다.

"흐음, 역시 토르는 전사야. 싸움을 말리는 평화의 전사."

버드가 다 들리도록 혼잣말을 하며 고개를 끄덕였다.

"헤이, 거기 토르 말고 버드. 버드 넌 해도 불러낸 적 있잖아. 이 번엔 비 어때?"

알마 이모가 한숨을 내쉬며 말했다. 이모 사전에 한숨이란 없는데 말이다.

"비는 좀 복잡해요. 해는 있는 걸 불러오기만 하면 되지만 비는 없는 걸 만들어야 하니까요. 일단 구름부터 주문해야죠."

알마 이모가 성호경을 그었다.

"비는 그냥 오는 거야. 만드는 게 아니라."

단비는 일부러 버드를 쳐다보지 않고 말했다. 말끝에 '이 바보 멍충아'를 붙이고 싶은 걸 겨우 참았다. 가슴이 답답했다.

단비네 골짜기와 메이 이모네 습지를 비껴간 비구름은 멕시코로 몰려가 있었다. 백 년 만의 홍수가 멕시코를 덮쳤다. 수백 개의 마을이 흙더미에 묻히고 도시들이 떠내려갔다.

한동안 단비 귀에는 이런 뉴스만 들렸었다. 지금은 이런 뉴스를 피하는 중이었다. 듣고 나면 기운이 쭉 빠지기 때문이었다. 도서관에서 책을 찾아보는 일도 그만두었다. 자신이 할 수 있는 게 없어 보였다. 멕시코로 몰려가는 비구름을 자기가 어떡한단 말인가.

단비는 눈앞의 일만 생각하기로 했다. 닭 모이를 주고, 학교에 가고, 사과 밭 일을 돕고, 단추 수색을 나가고. 그것만으로도 하루가 꽉 찼다. 거기다 수정이까지.

한 학기 내내 수정이한테 거짓말을 해 왔다. 알마 이모의 사과

파이를 먹으러 오겠다는 걸 이런저런 거짓말로 막았고, 놀다 가자는 걸 또 다른 거짓말로 거절했다. 이게 다 버드의 존재를 숨기기 위해서였다. 앞뒤가 안 맞는 거짓말에 아슬아슬했던 게 한두 번이 아니다. 수정이가 조금만 덜 산만했다면 바로 알아챘을 거였다. 거기다 매번 새로운 거짓말을 발명하는 것도 힘에 부쳤다. 머리가 터져 버릴 것만 같았다.

"사촌 돌아갔어."

단비는 큰 소리로 말했다.

홧김에 나온 거짓말이긴 하지만 속이 다 후련했다. 갔어, 갔다고. 그러니 거짓말도 이제 끝.

"떡볶이 한번 먹었어야 했는데 아쉽당. 어쨌거나 이제 놀다 가도 되겠네? 코인 갈까?"

수정이가 기대에 찬 표정으로 말했다.

아니, 바로 집으로 가야 해. 버드랑 약속했거든. 오늘부턴 수색 시간을 두 배로 늘리기로 했거든. 이게 사실이었다. 하지만 단비는 그렇게 말할 순 없었다.

"노래 부를 기분 아냐."

"왜?"

"잘 안 풀리거든."

이렇게나 빨리 새로운 거짓말을 시작하다니. 단비는 아무래도 자신이 거짓말의 천재인 것 같아 마음이 무거웠다.

"뭐? 때려치운다더니 다시 시작한 거야?"

단비의 꿈은 게임 스토리 작가였다. 얘깃거리가 떠오르면 수정이한테 들려주며 반응을 살피곤 했다. 얘기를 듣고 난 수정이의 반응은 늘 똑같았다. 너무 재밌어, 이건 꼭 써야 돼. 응원을 믿고 써서 보여 주면 또 반응이 늘 똑같았다. 얘기한 거랑 너무 다른데? 급기야 지난번에는 초강력 충격파를 날렸다.

"오단비, 우리 우정을 걸고 말하는 건데, 넌 작가 타입은 아닌 거 같아. 얘긴 너무 재밌는데 글은 너무 재미가 없어. 그냥 이야기를 녹음해서 팔면 어떨까? 가수들 음반 내는 것처럼 이야기반을 내는 거야. 내가 매니저 뛸게."

그때 받은 충격으로 절교와 절필 선언을 했다가 절교는 풀었다. 아직까지 절필은 하고 있었다. 그랬다가 지금 이렇게 거짓말을 하고 있는 거였다.

단비는 버드에 관한 모든 것, 토르, 토르월드, 비행 슈트, 단추 수색 등등을 자기가 상상한 이야기인 것처럼 들려주었다. 버드는 실제 인물이 아니라 단비 자신이 만든 인물인 거였다. 버드 이름은 그대로 썼다. 단비 자신에 해당하는 인물은 '기호'로 이름을 바꾸었다. 아빠 이름이었다.

"기호? 남자 이름 아냐?"

"이름에 남자 여자가 어딨어?"

"맞아. 아무튼 재밌어. 그동안 단비 네가 날씨 날씨 했던 이율 이제 알겠어. 이런 스토리 짜느라 그런 거네. 근데 오단비, 버드 갠 단추 찾아, 못 찾아? 찾겠지? 주인공이니까?"

"버드가 주인공 같아?"

"당근이지. 설마 기호를 주인공으로 하고 싶은 거야? 기호는 매력 없어."

단비는 기분 나빠 그만 이야기하고 싶은데 수정이는 틈을 주지 않고 질문 공세를 했다.

"근데 네 사촌도 토르월드 산다 하지 않았어? 배경을 거기서 따 온 거야?"

"이름만 따온 거지. 내 사촌이 사는 토르월드는 뉴욕 근처고, 스토리 속 토르월드는 지구 바깥이고."

"사촌 이름이 버드야?"

"뭐?"

"주인공 이름도 거기서 따 온 거냐고."

"아니, 사촌은 로앗이야, 로앗."

단비는 자신의 순발력에 가슴이 철렁했다.

로앗은 메이 이모의 동생 이름이었다. 후, 버드와 함께 있는 동안은 거짓말에서 놓여날 수 없을 것 같았다. 하지만 이 정도 거짓

말은 아무것도 아니었다. 단비에게는 버드, 그 애보다 더 큰 거짓
말은 없어 보였다.

불청객 171일째

어떤 게 더 나쁜 뉴스일까?

뉴스 1.

열대야가 이미 한 달째다. 기상관측 이래 가장 무덥고, 가장 긴 여름이 될 거라고 했다.

뉴스 2.

저 아래 청수사과원 아저씨가 군청에 호두나무를 잘라 달라는 민원을 넣었다. 끈끈이를 나눠 주러 온 군청 직원이 흘린 소식이다 (끈끈이는 해충을 잡기 위해 사과 밭 울타리나 고랑 중간에 설치한다. 엄마는 끈 끈이를 그다지 좋아하지 않는다. 해충이 아닌 애먼 날벌레들도 들러붙기 때문이다. 그렇담 아예 설치를 하지 말든가. 단비는 그런 엄마가 답답하다. 이러지도 못하고 저러지도 못하고).

엄마와 군청 직원의 대화.

직원 : (사과 밭 위쪽 언덕의 호두나무를 슬쩍 쳐다보며) 어이쿠, 저게 아직도 서 있네요?

엄마 : ……

직원 : 탄저, 그거 한번 돌기 시작하면……. 사장님이 더 잘 아시면서. (청수사과원 쪽을 흘깃 쳐다보며) 저희도 무지 골치 아파요. 이틀 걸러 민원이 들어온다니까요. 저 나무 좀 잘라 달라고.

엄마 : 탄저가 도는 것도 아니고, 그럴까 봐 미리 없애자는 게 말이 돼요?

직원 : 예방 차원에서 그러자는 거죠. 다 태운 다음에 불조심하면 뭐 합니까?

엄마 : 며칠 있으면 짬이 날 텐데 그때 호두나무에 약을 칠 게요. 또 민원 들어오면 그렇게 전해 주세요.

직원 : 아무튼 그런 민원이 있단 것만 알고 계십쇼. 좋은 게 좋은 거 아니겠습니까?

뉴스 3.

방학하는 날. 단비는 수정이한테 엄마 얘기를 들었다. 엄마가 며칠 전 농협에 대출 신청을 했다고 했다. 농협 바로 앞에 있는 수정이네 가게는 모든 뉴스가 모이는 곳이다.

단비는 수정이랑 운동장 벤치에 앉아 있었다. 수정이는 벌써 또 다른 얘기로 넘어가고 있었다.

"오단비, 방학 동안 스토리 다 완성할 거지?"

벤치 옆 느티나무에서 매미 백만 마리가 울어 대는데도 아주 고요하게 느껴졌다. 단비 귀에는 아무 소리도 들리지 않았다.

뉴스 1, 2, 3. 뭐가 제일 나쁜 뉴스일까?

아, 지구인들은 괴물이야. 이걸 견디다니. 버드는 지구의 여름에 매일매일 놀라는 중이었다. 온종일 맵고 뜨거운 것을 입에 가득 물고 있는 기분이었다. 열대야. 열대과일처럼 찐득하고 푹 익은 밤이 이어졌다. 아무도 잠들지 못했다. 사람도 구름이도 사과 알도.

"사과도 잠을 자야 해."

사과도 밤에는 잠을 자야 한단다. 단맛이 그때 만들어진단다. 대장 이모 걱정이 또 하나 늘었다. 하루하루 걱정 릴레이가 끊이지 않았다.

"이렇게 더워서 열매가 잠을 못 자면 밍밍한 맛이 되고 말거든."

버드 자신도 밍밍한 맛이 되어 가는 것 같았다. 온종일 머릿속이 멍했다. 숨 쉬는 것도 힘들었다. 부모님도 토르월드도 떠올릴 수 없었다. 단추 수색을 며칠 쉬었다. 그런데도 이모들은 한낮을 잠깐 피하고는 아침부터 저녁까지 사과 밭에 있었다. 대장 이모는 완전히 어두워져야 돌아왔다.

하지만 무더위보다 더 무더운 존재가 있었다. 단비였다. 단비는 며칠째 완전 저기압이었다. 슬퍼 보이기도 했고 화가 난 것도 같았다.

저녁을 먹고 나면 아홉시가 넘었다. 문이란 문은 모조리 열어 놓았지만 바람 한 줄기 들어오지 않았다. 선풍기 세 대가 쉬지 않고 돌아갔다. 식구들은 토마토를 가운데 두고 선풍기 앞에 둘러앉았다. 그 고라니 할머니 아니, 서창 할머니네 뒤란 밭에서 난 거라고 했다. 새벽이면 할머니는 갖가지 야채가 가득 든 바구니를 단비네 집 현관 앞에 툭 던져 놓고 가곤 했다.

"숙제해야 해."

토마토 하나씩을 집어 드는데 단비는 방으로 들어가 버렸다.

다들 말없이 토마토를 베어 물었다. 날벌레들이 전등 주변에서 날고 있었다. 버드는 자잘한 벌레에는 이제 익숙해졌다. 하지만 파닥대는 소리에는 금세 소름이 돋았다. 언제 들어왔는지 커다란 갈색 나방 한 마리가 전등 근처에서 날고 있었다. 여기저기 부딪칠 때마다 가루가 날리는 것 같았다. 버드는 비명을 지르며 피해 다녔다. 그런 버드를 보며 알마 이모가 웃어 젖혔다.

"그러게 뭐 하러 들어왔누. 버드한테 환영도 못 받을걸."

대장 이모가 방충망을 열어 주었다. 나방은 뒤도 돌아보지 않고 어둠 속으로 날아가 버렸다.

"왜 보내 주는 거예요?"

버드는 대장 이모가 그러는 게 이해되지 않았다.

"응?"

"나방이잖아요."

"나방이 왜?"

"해충일지 모르잖아요? 쟤가 날아가서 사과나무에 알을 낳을지 모르는데 잡았어야죠."

버드는 울타리에 걸어 놓은 끈끈이를 떠올렸다. 어쩌다 가 보면 거기 노린재나 으름나방 같은 해충이 붙어 죽어 있었다. 해충인지 아닌지 모르는 날벌레들도 붙어 있긴 했다.

"확실하지 않은데 죽일 필요 없잖아?"

"끈끈이는요? 해충 아닌 게 붙긴 해도 그거 잡으려면 어쩔 수 없어서 걸어 둔 거라면서요. 그러니까 제 생각엔 방금 그 나방도 잡아야 했어요. 확실하게 하려면."

"글쎄……."

대장 이모가 갸웃했다. 흠, 대장 이모도 헷갈리는 모양이군.

"내가 좀 앞뒤가 안 맞긴 해. 끈끈이는 걸어 놓고……. 근데 그

나방이 다시 와도 난 똑같이 할 거 같아."

대장 이모 말이 끝나자마자 단비의 방문이 큰 소리를 내며 열렸다.

"그러다 멧돼지나 고라니처럼 큰 걸 잡게 될걸! 나방 한 마리 살려 주느라 말이야."

단비의 화난 목소리가 마루에 커다랗게 울렸다. 모두 놀라 단비를 바라보았다.

"그게 무슨 말이야?"

대장 이모가 멈칫하며 단비에게 물었다.

"엄마는 늘 그런 식이잖아. 이것저것 살려 주느라 진짜 중요한 건 놓치고 만다고!"

"진짜 중요한 게 뭔데?"

대장 이모가 덤덤한 표정으로 물었다.

"우리가 살아남는 거! 나라면 호두나무 같은 건 베어 버릴 거야. 나방 같은 건 살려 두지도 않을 거고! 사과 한 알이라도 지키려면 그래야 되는 거 아냐? 망하지 않으려면 그래야 하는 거 아니냐고!"

단비는 대장 이모를 향해 악을 썼다. 그리고는 문을 쾅 소리가 나게 닫고 들어가 버렸다. 순식간에 벌어진 일이라 모두들 그저 바라보기만 했다. 버드는 단비가 무슨 말을 한 건지 알 수 없어 알마와 메이 이모를 번갈아 쳐다보았다. 그들도 알지 못하는 표정이었다.

버드는 대장 이모의 눈에 눈물이 차오르는 걸 보았다.

"그럴 일 없어!"

대장 이모가 닫힌 방문을 향해 소리쳤다. 그러더니 사람들을 둘러보며 중얼거렸다.

"안 그래?"

대장 이모의 잠긴 목소리에 버드는 눈물이 핑 돌았다. 후회되었다. 나방 얘기를 꺼내는 게 아니었다. 끈끈이 얘기를 꺼내는 게 아니었다. 자기 때문에 이런 일이 벌어진 것 같았다.

선풍기 돌아가는 소리만 마루에 가득 찼다. 선풍기 날개도 놀랐는지 탁탁거리며 멈출 듯하다 다시 돌곤 했다.

대장 이모가 밖으로 나갔다. 메이 이모가 조용히 따라 나갔다. 알마 이모는 단비 방으로 들어갔다. 여름밤이 깊어 가고 있었다. 오늘 밤, 버드는 하나도 덥지 않았다.

단비는 여전히 저기압이었다. '나방 사건' 이후 더 심해졌다. 버드는 구름이와 둘이서만 단추 수색에 나섰다. 단비는 돌아누운 채 꼼짝도 하지 않았다. 단비 방학 동안에는 수색 시간을 늘릴 수 있을 거라 기대했는데 꽝이었다.

"구름아, 정말이지 집에 가고 싶어."

버드는 비탈길을 올라가며 한숨을 내쉬었다.

오로라고 뭐고 다 소용없었다. 얼른 토르월드로 돌아가고 싶었다. 무덥고, 저기압이고, 구닥다리인 이곳은 자기가 있을 곳이 아니었다. 앞서 걷던 구름이가 돌아서서 빤히 올려다보았다. 그 마음 안다는 눈빛이었다.

"구름이 네가 날 발견했잖아. 그러니까 단추도 좀 발견해 줘."

버드의 한숨에 구름이는 알겠다는 듯 다시 걷기 시작했다. 꼬리를 꼿꼿이 세운 폼이 딴생각하지 말고 따라오라는 것 같았다. 제법 수색견 티가 났다. 오전 여덟시가 조금 넘었을 뿐인데 공기가 벌써 뜨거웠다. 구름이는 한참 앞서가고 있었다. 버드는 울적한 기분에 땀까지 닦느라 자꾸 뒤처졌다.

저 앞에서 구름이가 짖고 있었다. 울타리 근처였다. 평소와 다른 소리였는데 소리가 점점 맹렬하고 다급해졌다. 어? 부모님? 구름이 짖는 소리가 그때와 똑같았다.

버드의 심장이 쿵쾅거렸다. 아냐, 지난번이 마지막이랬어. 그럼 단추? 하지만 거긴 오래전에 수색이 끝난 자리였다. 혹시 모르지. 못 보고 지나쳤을지. 그걸 구름이가 찾아낸 건지. 단추 냄새를 알고 있으니까. 순간 다리가 후들거리고 머릿속이 하얘졌다. 버드는 구름이를 소리쳐 부르며 뛰어 올라갔다.

구름이를 흥분시킨 게 뭔지 한눈에 들어왔다. 단추가 아니었다. 하지만 너무 놀라 버드는 실망할 틈도 없었다. 울타리에 걸어 둔 끈끈이에 작은 새 한 마리가 들러붙어 있었다.

날아가다 끈끈이를 못 본 걸까? 아니면 여기 붙은 나방을 먹으려다 들러붙어 버린 걸까? 새는 눈을 감은 채 목을 떨구고 있었다. 부리와 턱에는 피가 엉겨 있고, 바닥에는 깃털이 흩어져 있었다. 몸통이 뒤틀린 상태로 날개가 꺾인 걸 보면 오래 몸부림친 듯했다.

구름이가 버드와 새를 번갈아 보며 낑낑거렸다. 어떻게 좀 해 보라는 것 같았다. 하지만 버드는 자신의 비행 슈트가 끈끈이에 들러붙은 것처럼 꼼짝할 수 없었다. 구름이가 똥 마려운 것처럼 맴을 돌다 하울링을 하다 맴을 돌았다. 그대로 뒀다가는 구름이마저 이상해질 것 같았다. 버드는 조심스럽게 한 발짝 다가가 끈끈이를 흔들어 보았다. 순간 새가 눈을 떴다.

버드는 비명을 지르며 달려 내려갔다. 구름이가 따라 달렸다. 이모들은 어느 고랑에 있는지 보이지 않았다.

잠시 후, 버드와 단비와 구름이가 비탈을 뛰어 올라갔다. 또 잠시 후, 셋이 함께 달려 내려와 고랑으로 뛰어들었다.

"엄마, 어떡해?"

단비가 헐떡이며 두 손에 받쳐 든 끈끈이를 내밀었다.

대장 이모는 말없이 새를 바라보았다.

"창고로 데려가. 우선 시원하게 해 줘야 돼."

대장 이모가 들고 있던 쇠파이프를 고랑에 던지며 말했다.

늘어진 가지를 파이프로 받쳐 주는 작업을 하던 중이었다. 요 며칠 이모들은 그 작업에 매달려 있었다.

저장 창고 안은 서늘했다. 대장 이모가 몇 가지를 챙겨 바로 따라 들어왔다. 이모는 끈끈이를 오려 낼 수 있을 만큼 오려 내고, 주사기로 새의 부리에 물 한 방울을 떨어뜨렸다. 반응이 없었다.

"엄마, 죽진 않겠지?"

단비가 초초한 표정으로 물었다.

대장 이모는 대답하지 않았다. 새에게서 눈을 떼지 않은 채 지켜볼 뿐이었다. 그러다 아주 천천히 또 물 한 방울을 떨어뜨려 주었다.

"지난번 나방은 미안해."

단비가 가라앉은 목소리로 말했다.

침묵이 이어졌다. 새 부리 속의 물은 그대로 고여 있었다. 대장 이모가 버드에게 주사기를 건네주고 나갔다.

새는 딱 한 번 눈을 떴다. 그리고 그게 마지막이었다. 처음 보는 건데도 버드는 새가 죽었다는 걸 저절로 알 수 있었다. 소용없다는 걸 알면서도 버드는 부리 속에 물 한 방울을 떨어뜨렸다. 부리 속으로 보이는 혀가 너무 작아 버드는 눈물을 참을 수 없었다.

단비가 눈물을 닦으며 나갔다. 잠시 후 식용유병을 들고 돌아왔다. 눈이 빨개져 있었다.

"검색했더니 이걸로 해 보래."

단비가 말했다.

"뭐 하는 건데?"

"이대로 묻어 주고 싶지 않아."

단비는 끈끈이에 식용유를 조금씩 부어 가며 새를 떼어 내기 시작했다. 얼마나 몸부림을 쳤는지 깃털 사이사이와 맨 안쪽 깃촉까지 끈끈이가 엉겨 있었다. 그 일을 하는 내내 단비는 한 마디도 하지 않았다. 작은 새가 끈끈이에서 완전히 놓여나는데 두 시간이 넘게 걸렸다.

"이렇게 작고 가벼운 게 어떻게 죽을 수 있지?"

단비가 자신의 손바닥에 놓인 새를 내려다보며 중얼거렸다.

버드가 손을 내밀자 단비가 새를 옮겨 주었다.

"동고비야."

단비가 새에게서 눈을 떼지 않은 채 말했다.

"뭐?"

"이 새 이름이 동고비라고."

버드와 단비는 밖으로 나왔다. 오로라 나무 아래에 동고비를 묻어 주기로 했다. 서늘한 창고에 있다 나와서 그런가? 버드는 햇볕이 내리쬐는데도 소름이 돋았다.

노래라도 하는 것처럼 동고비의 부리는 활짝 열려 있었다.

여름은 계절이 아니라 새로 등장한 해충 같았다. 엄청나게 끈질기고 지독한 해충.

폭염은 끝날 기미가 보이지 않았다. 이때쯤이면 태풍이 한 차례 다녀가곤 했는데 지금은 잠잠했다. 뜨거운 공기에 밀려 태풍 전선이 한반도로 접근하지 못한다고 했다. 폭염이 태풍마저 밀어내고 있었다.

"태풍을 다 기다리게 되네."

볼라벤이랑 링링 때를 생각하면 머릿속이 하얘진다면서도 엄마는 태풍이라도 한 차례 지나가 주었으면 하고 바랐다.

더위에 지친 수탉들은 툭하면 싸웠다. 단비는 모이를 주러 갔다가 어린 닭 한 마리가 죽어 있는 걸 발견했다. 큰 닭들의 화풀이

대상이 된 거였다. 암탉들은 알을 낳지 않았다.

화상을 입은 사과 열매들이 늘고 있었다. 껍질이 타 갈색을 띠었다. 그런 자리는 물러지면서 썩어 들어갔다. 사과 밭 고랑에서도, 닭장에서도, 텃밭에서도 마른 먼지가 일었다. 양수기 모터가 헐떡이며 돌아갔다. 이렇게 뽑아 쓰다간 언젠가 지하수도 말라 버릴 거였다.

서창 할머니는 아침마다 사과 밭으로 왔다. 서창 할머니네 펌프가 말라 버렸기 때문이다. 할머니는 커다란 페트병 두 개에 물을 채워 배낭에 메고 돌아갔다.

"뒤란 밭은 어쩌고요?"

엄마는 단비와 버드에게 물통을 더 들려 보내려 했지만 할머니는 필요 없다고 했다. 사과 밭도 타들어 가는데 미안한 거였다. 아무튼 후우, 단비와 버드는 가슴을 쓸어내렸다. 할머니네 심부름 가는 것보다 싫은 건 없으니까.

양수기가 멈춰 버렸다. 조마조마했는데 결국 멈춰 버렸다.

여기저기 안 터진 데가 없어요. 죽었다 깨나도 3일은 걸려요.

수리 기사는 빨리 와 달라는 엄마의 부탁에 전화기 너머에서 소리쳤다.

샤워기에서 똑똑 떨어지던 물마저 말라 버렸다. 수도꼭지를 틀면 바람 빠지는 소리가 났다. 아침저녁으로 사과 밭에 뿌려 주던 물을 아침에만 뿌렸다.

청수사과원 아저씨가 또 올라왔다. 이번에는 빙빙 돌리지 않고 곧장 말했다. 호두나무를 베 버리자는 거였다.

"사람부터 살고 봐야지 저깟 거 하나 베 버리는 게 그렇게 어려워요? 서로 이럴 필요 있냐고요! 그러다 이 골짝 다 망해요, 망한다고요!"

아저씨한테서 술 냄새가 났다.

단비는 아저씨가 엄마를 밀치기라도 할까 봐 두려웠다. 그랬다간 단비도 가만있지 않을 거였다.

엄마는 아저씨를 달랬다.

"삼촌, 혹시라도 탄저 도는 거 같으면 내가 먼저 잘라요. 걱정 말고 내려가요."

아저씨는 한참 동안 원망을 늘어놓다가 누구와도 눈을 마주치지 않고 돌아갔다.

"엄마! 정말이야?"

단비는 사과 밭으로 올라가는 엄마를 따라가며 소리쳤다. 엄마 걸음이 얼마나 빠른지 숨이 찼다.

"엄마가 심은 것도 아니잖아. 외할아버지가 심은 나무야. 근데 어떻게 잘라?"

엄마는 아무 대꾸 없이 멈추었던 작업을 다시 시작했다.

"호두나무는 아무 죄가 없어. 엄마도 알잖아. 저 아저씬 지금 마녀사냥을 하는 거야. 농사 안 된 걸 저 나무에 몽땅 뒤집어씌우고 있는 거라고!"

단비의 따지는 목소리에도 묵묵무답 엄마.

"생각해 봐. 호두나무에 탄저균이 살고 있다면 왜 가까운 우리 밭 두고 한참 떨어진 아저씨네 밭으로 가겠어? 우리 밭은 지금 아무렇지도 않잖아."

이번에도 아무 반응 없는 엄마. 화난 건가?

"어? 나방 때랑 입장이 바뀌었네? 단비 넌 자르자! 대장 이몬 못 자른다! 그래야 하는데."

듣고만 있던 버드가 분위기가 싸한 걸 느꼈는지 웅변조로 떠들었다.

"호두나무 베고 나면 저 아저씬 또 다른 마녀를 찾아낼걸?"

단비는 엄마 눈치를 살피면서도 참지 않았다.

엄마가 휙 돌아보았다.

"알았어, 그만해. 나도 어디든 분풀이라도 하고 싶으니까. 저 삼촌은 호두나무한테라도 풀 수 있으니 얼마나 좋아. 저렇게 원하는데 저깟 나무 하나 뭐가 어려워? 사람부터 살고 봐야지. 또 알아? 그러면 복 받을지? 그러니까 그만해."

단추는 아직도 아직이었다. 아직 발견되고 싶지 않은 듯했다. 아님 처음부터 없었던가.

"씨앗처럼 어디 묻혀서 썩고 있는지도 몰라."

단비는 별생각 없이 말했다.

며칠 전, 청수사과원 아저씨가 다녀간 뒤로 무엇에든 집중하기가 어려웠다. 수색도 건성으로 하는 중이었다.

"무슨 말이야?"

몇 발짝 옆에서 수풀을 헤치던 버드가 물었다.

"그렇잖아. 지금까지 안 나온 걸 보면."

"헛소리 마."

"차라리 그게 나을 거야. 단추가 싹이 터서 비행 슈트로 자랄지도 모르잖아? 그럼 금세 눈에 띌 테고."

씨앗은 무슨. 이렇게 찾아도 안 나오는 걸 보면 단추는 처음부터 없었어. 단비의 솔직한 생각은 그거였지만 그대로 말했다가는 괜히 입씨름만 더할 거였다.

"대단한 상상력이시네."

버드의 비꼬는 말에 수정이가 떠올랐다. 어제 만나자는 카톡에 스토리 작업해야 한다고 하자 수정이도 그렇게 비꼬았다. 대단한 작가 나셨네. 그래 놓고는 해맑게 덧붙였다. 단추 찾으면 바로 카톡 쳐.

아저씨 모습이 다시 떠오르면서 기운이 빠졌다. 단비는 단추고 뭐고 그만 내려가고 싶었다. 하지만 그런 말도 하기 싫었다. 모든 게 귀찮았다. 바로 그때, 뭔가가 눈에 훅 들어왔다.

"아!"

단비 입에서 저절로 그 소리가 튀어나왔다.

주먹으로 급소를 한 대 맞은 것처럼 숨을 쉴 수 없었다. 바로 한 발짝 앞에 단추가 놓여 있었다. 솔잎에 살짝 가려 있었지만 버드가 냉장고에 붙여 둔 그림 속 단추와 똑같았다.

"뱀?"

버드가 몸을 홱 틀며 물었다. 벌써 도망칠 자세였다. 그러다 단비 표정을 보고 멈칫했다.

"뭐냐니까?"

"단추."

단비는 최면에 걸린 것처럼 중얼거렸다. 버드의 말이 사실이었다! 토르가, 토르월드가, 야말반도가. 눈앞이 흐릿했다.

"뭐? 어디? 어디!"

버드 목소리가 울렸다.

버드의 동작 하나하나가, 소리 하나하나가 아주 느린 화면처럼 움직였다. 단비는 좀비처럼 버드가 묻는 대로 손을 들어 가리켜 주었다. 버드가 단추를 주워 드는 게 보였다. 비명을 지르는 게 보였다. 버드가 주저앉는 게 보였다. 단비도 주저앉았다. 현실로 돌아오기까지 한참 더 시간이 걸렸다.

단비가 발견하고 버드가 주운 단추는 반쯤 썩은 도토리였다. 숲에 널린 게 도토리인데 그게 단추로 보이다니. 나뭇잎 사이로 어룽어룽 비치는 빛과 솔잎이 합작해 만든 신기루였다.

"미안해."

단비는 마른침을 삼키며 말했다.

버드는 도토리를 멀리 던져 버렸다. 단비 쪽으로는 고개도 돌리지 않았다.

"언젠간 꼭 찾을 거야."

단비는 최선을 다해 버드를 위로했다. 그렇게 진심을 다해 위로 한 건 처음이었다.

그날 수색은 거기까지만 하기로 했다. 둘 다 식겁한 뒤라 더 나아갈 수 없었다. 버드가 수색이 끝난 지점에 묶어 두는 노란 끈을 내밀었다. 자기는 끈을 묶을 기운도 없다고 했다. 단비는 돌아서서 바로 옆 나뭇가지에 끈을 묶었다. 표정을 들키지 말아야 했다.

단비는 일부러 버드 뒤에 멀찍이 떨어져서 걸어 내려왔다. 다리가 후들거리는 걸 들키고 싶지 않았다. 동시에 가슴속에 차오르는 안도감도 들키고 싶지 않았다. 아직도 믿기지 않았다. 분명 단추처럼 보였는데 말이다. 앞서 걷는 버드의 어깨가 축 처져 있었다.

20분쯤 걸어 내려왔나? 단비는 이제 좀 진정이 되는 듯했다. 버드는 아직도 화가 덜 풀렸는지 막대기로 길옆 풀들을 내리치면서 걷고 있었다. 단비는 그런 버드를 얼마든지 이해할 수 있었다. 조금 더 내려왔을 때, 멀리서 날카로운 소리가 울린 듯했다. 기계 소리 같긴 한데 매미 소리와 섞여 분명하지 않았다.

"무슨 소리 안 들려?"

단비는 앞쪽의 버드에게 소리쳤다. 버드는 뒤도 돌아보지 않고 머리 위로 X자를 만들어 보였다.

조금 더 내려오자 소리가 분명해졌다. 기계 소리였다. 전동 드릴? 전기톱? 아래쪽에서 나는 소리인데 어딘지 알 수 없었다.

퍼뜩 호두나무가 떠올랐다. 단비는 버드를 제치고 달려 내려가기 시작했다.

"또 뭐?"

버드가 따라오며 소리쳤다.

산모퉁이를 돌자 단비 눈에 저 아래 호두나무가 들어왔다. 호두나무는 거기 그대로 서 있었다. 단비는 멈춰 서서 숨을 몰아쉬었다. 토할 것 같았다.

"뭐냐니까?"

뒤따라온 버드가 벌건 얼굴로 헐떡이며 물었다.

"잘못 들었어. 호두나무 자르는 소린 줄 알았거든."

단비는 눈으로 흘러드는 땀을 닦으며 대답했다. 눈이 쓰라렸다.

"오단비, 너 오늘 왜 이래? 헛단추에 헛소리에."

"그러게."

"어?"

단비를 노려보던 버드가 단비 등 너머를 바라보며 멈칫했다.

단비는 고개를 돌렸다. 청수사과원 아저씨였다. 큰 키에 구부정한 자세 때문에 멀리서도 알아볼 수 있었다. 아저씨가 이쪽으로 올라오고 있었다. 단비는 얼른 버드 손을 잡아끌고 길옆 억새 덤불로 뛰어들었다. 고라니 아지트였다. 서창 할머니와 다시 마주친다 해도 어쩔 수 없었다.

"왜?"

"쉿!"

단비는 억새 사이에 엎드렸다. 버드도 끌어 앉혔다.

"왜?"

"쉿!"

단비도 이유는 알 수 없었다. 왠지 그래야만 할 것 같았다.

잠시 후, 아저씨가 억새밭 앞을 지나쳤다. 한 손에 커다란 검정 비닐봉지를 들고 있었는데 꽤 묵직해 보였다.

"저게 뭘까?"

버드가 속삭였다.

"나도 그게 궁금해."

"근데 참, 우리가 왜 이래야 하는데?"

버드가 툴툴거리며 일어서려는 걸 단비는 다시 앉혔다. 좀 더 지켜봐야 했다. 아저씨는 서창 할머니네 근처 바위산 앞에서 방향을 틀었다. 이상했다. 거긴 아저씨네 사과 밭으로 가는 지름길이 아니라 멀리 돌아가는 길이었다. 대신 단비네 사과 밭에서 눈에 띄지 않고 갈 수 있기는 했다.

억새밭에서 나와 단비와 버드는 호두나무까지 단숨에 달려 내려왔다.

"아무렇지 않은데?"

버드가 호두나무를 올려다보며 말했다. 단비가 봐도 그랬다. 주변의 풀이 밟힌 흔적이 있지만 나무는 멀쩡했다.

엄마와 이모들은 아무 소리도 듣지 못했다고 했다. 고랑 한가운데서 일하다 보면 주변의 소리가 들리지 않는다. 거기다 매미 소리가 다른 소리를 모두 덮어 버렸다.

"뭐가 문제야, 오단비. 저렇게 말짱하게 서 있구만."

엄마 말대로 호두나무는 푸르스름한 열기 속에서 골짜기를 내려다보고 서 있었다. 어느새 어스름이 내리고 있었다.

"오늘도 빈손?"

알마 이모가 버드에게 눈을 찡긋했다.

"단비한테 물어보세요. 오늘은 오단비의 날이거든요."

이틀 뒤.

엄마는 평소처럼 아침 일찍 사과 밭을 둘러보러 나갔다. 해가 뜨기 전이라 선선할 법도 한데 아직 어림없었다. 엄마는 오늘도 더위와 갈증에 시달릴 사과 열매들이 안쓰러웠다.

"비 온다, 비 오신다."

엄마는 나무들에게 중얼거려 주면서 고랑을 돌아다녔다. 외할아버지 영농일기에서 배운 거였다.

가물 때는 말로라도 비를 뿌려줘야 헌다. 비온다. 비온다. 비오신다. 나무들은 다 알아듣는다. 알아들어서 참고기다릴 힘을낸다.

엄마는 가끔, 고랑에서 풀을 뽑고 있는 외할아버지를 본다고 했다. 구부정하게 서서 가지치기하는 모습을 볼 때도 있다고 했다. 안 무서워? 단비가 그렇게 물으면, 뭐가 무서워? 나중에 나도 그렇게 나타날 텐데, 했다. 엄마가 그렇게 말할 때마다 단비는 딱 잘라 말했다. 그럴까 봐 난 사과 농사 안 짓는다고.

엄마는 오로라 나무 앞에서는 좀 더 오래 머물며 비 온다, 비 온다, 해 주었다. 처음 달린 열매들이 호된 신고식을 치르고 있었다.

"맞아요, 아버지. 올해는 다디달 거예요."

엄마는 답답한 마음을 날리려 큰 소리로 말했다. 가뭄이 심한 해에는 열매가 작은 대신 당도가 높다고 할아버지 일기장에 적혀 있었다.

모두다 나뿐건 업다. 올해는 알이 작은대신 다디달다.

그러다 엄마는 무심코 골짜기 위쪽을 바라보았다. 조금 전부터 거기서 무언가가 자꾸 엄마를 끌어당겼다.

나무 하나가 눈에 들어왔다. 처음 보는 나무였다. 그 나무는 온통 여름인 곳에서 혼자 겨울인 것처럼 서 있었다. 잎이 다 떨어지고 가지만 앙상했다. 잘못 본 건가? 엄마는 눈을 비비고 다시 보았다.

엄마는 거기까지 어떻게 갔는지 기억나지 않는다고 했다. 집에서 알마 이모가 부르는 소리를 듣긴 했다고 했다. 아침 식사 시간을 알리는 소리였다.

호두나무 아래에 말라비틀어진 나뭇잎 더미가 쌓여 있었다. 바닥을 덮은 호두 열매들은 괴저를 일으킨 것처럼 까맣게 썩어 있었다.

엄마는 호두나무 밑동에서 구멍 세 개를 발견했다. 두 개는 땅바닥에서 한 뼘 정도 되는 곳에, 하나는 땅 위로 올라온 뿌리에 나 있었다. 드릴로 구멍을 뚫고 거기에 맹독 농약을 흘려 넣은 거였다. 나무를 말려 죽일 때 쓰는 방법이었다. 어떤 나무라도 그 약에는 살아남지 못한다. 구멍은 흙으로 막아 놓아 눈에 잘 띄지 않았다. 행여나 구멍에 빗물이 들어가 농약이 묽어질까 봐 막은 거였다.

사람부터 살고 봐야지 저깟 거 하나 베 버리는 게 그렇게 어려워요?

청수사과원 아저씨 목소리가 엄마 귓속으로 흘러들어 왔다. 밥상에 둘러앉아 기다리고 있을 식구들이 엄마 눈 속으로 흘러들어 왔다. 숲에서 아저씨를 봤다는 아이들 말을 흘려듣지 말았어야 했다고 후회했다. 그때라도 손을 썼으면 살릴 수 있었을지 모른다, 하다못해 반쪽이라도. 엄마는 가슴을 움켜쥐고 주저앉았다. 엄마를 내려다보며 호두나무도 고통으로 몸을 뒤틀었다.

골짜기에 또 하나의 골짜기가 생겼다.

아저씨는 자기가 한 짓이 아니라고 잡아뗐다. 골짜기로 올라간 적도 없다고 했다.

"오단비, 우리가 잘못 본 거 아닐까?"

버드는 혼란스러워했다.

"나도 그랬으면 좋겠어."

단비는 입술을 깨물었다.

아저씨의 거짓말에 슬펐다. 화가 났다. 한편으로는 아저씨 말을 믿고 싶었다. 차라리 아저씨가 끝까지 아니라고 우겨 주었으면 했다.

동고비처럼 작고 가벼운 것이 어떻게 죽을 수 있는지 의아했듯, 저렇게 크고 무거운 게 어떻게 죽을 수 있는지 단비는 이해할 수 없었다. 골짜기의 모든 것이 낯설게 보였다. 끝날 것 같지 않은 더위가, 지독한 가뭄이, 빨간색이 돌기 시작하는 사과 열매가, 숲이, 하늘이, 엄마와 이모들이, 버드가 낯설었다.

"이제 막 토르월드에서 여기로 불시착한 기분이야."

단비는 버드에게 털어놓았다.

"드디어 내가 토르월드에서 온 걸 믿는 거야?"

버드 눈이 반짝였다.

200

단비는 아니라고 하지 못했다. 이 세상에서 일어나지 못할 일은 없을 것 같았다. 저렇게 큰 나무도 하루아침에 죽는 걸 보면.

어떻게 알았는지 군청에서 연락이 왔다. 거목이라 베다가 사고 날 수 있으니 전문 벌목업자를 보내 주겠다고 했다. 엄마는 그럴 필요 없다고 했다. 이렇게 죽은 나무에는 아무것도 오지 않는다, 새들도 집을 짓지 않는다, 진딧물도, 해충도, 탄저균도 찾아오지 않는다, 귀신처럼 알아채고 오지 않는다.

"그러니 이제 벨 필요 없어요."

엄마는 며칠 사이에 할머니가 돼 버린 것 같았다. 사과 밭에 나와 일할 때면 호두나무 언덕을 등지고 섰다. 그쪽을 바라보기 힘든 거였다. 그러면서도 나무를 베지 않았다.

"잘라 버리면 저기 호두나무가 있었다는 걸 잊고 말 거야. 우리가 무슨 일을 저질렀는지도 잊어버릴 테고."

동고비도 끝나고, 호두나무도 끝나고, 여름방학도 끝났다.

"너희 집으로 쳐들어가고 싶은 걸 몇 번이나 참았어. 작업 방해하면 안 되니까. 카톡도 꾹 참고. 얼마나 나갔어?"

수정이는 만나자마자 스토리 진도부터 확인했다.

"잘 안 풀렸어. 너도 알잖아, 이번 여름."

단비는 수정이 눈을 피하며 대답했다. 거짓말의 계절이 다시 돌아왔다.

"스토리로 더위를 물리쳤어야지. 더운 것 추운 것 다 따지고 언제 써!"

"동고비랑 호두나무가 죽었어."

단비는 화제를 바꾸고 싶었다. 이번 여름방학의 주제는 그 둘이었다. 거짓말투성이 게임 스토리가 아니라.

"스토리에 그런 부분도 있었나?"

"이건 스토리가 아니라 진짜야."

단비는 동고비와 호두나무와 청수사과원 아저씨에 대해 들려주었다. 수정이는 끈끈이도, 나무 죽이는 약도 다 자기네 가게에서 파는 거라며 괴로워했다.

"괴로우라고 얘기한 거 아니야."

단비는 괜히 미안해졌다.

"이래서 난 스토리가 좋아. 현실은 진짜 너무 리얼해. 스토리 얘기나 해 봐. 단추 찾았지? 진도가 최소 거기까진 나간 거지?"

수정이가 재촉했다.

단비는 뜸을 들였다. 어디까지 얘기했더라? 이래서 거짓말이 피곤하다. 거짓말의 진도가 어디까지였는지 긴장의 끈을 놓을 수가 없다. 개학 첫날부터 에너지가 딸렸다.

"아직."

"왜?"

"단추가 어딨는질 모르니까."

"뭐? 어떻게 작가가 몰라? 다 정해 놓고 쓰는 거 아니었어?"

방학 동안 수정이가 좀 똑똑해진 것 같았다. 좋은 현상이 아니었다. 그러고 보니 핸드폰으로 사진을 찍어 대지도 않았다. 이번

학기는 더 피곤해질 게 눈에 보였다.

"정해 놓긴 했지."

"그래야지. 나한테만 살짝 말해 주면 안 돼?"

"안 돼."

단비는 딱 잘라 말했다.

"맞아, 미리 알면 재미없어."

수정이가 바로 인정했다.

수정이는 수업이 시작됐는데도 쪽지를 계속 보내왔다. 스토리 전개에 대한 조언과 불평과 응원. 수학 시간이라는 현실이 너무 리얼해 싫은 모양이었다. 단비는 세 번에 한 번꼴로 답장해 주었다. 자기 생각인지, 아니면 어디서 들은 건지 수정이는 쪽지에 이런 말도 적어 보냈다.

박수칠 때 떠나라? 웃기지 말라 그래. 진정한 고수는 박수칠 때 반전을 노려야 해, 뒤통수를 한 번 더 쳐 줘야 한다고.

그렇게 잘 알면서 수정인 왜 뒤통수를 맞고 있을까? 내가 거짓말을 너무 잘하는 걸까? 단비는 이래저래 심란했다.

개학 날이라 단축 수업을 했다. 단비와 수정이는 학교 앞 편의점에서 메로나를 하나씩 먹었다. 수정이가 탱크보이도 먹자고 했지만 단비는 고개를 젓고 나왔다.

"얼렁 단추 찾으러 가야 돼."

이건 거짓말이 아니었다. 자신이 말한 단추와 수정이가 생각하는 단추가 다를 뿐이었다.

"알았어. 얼렁 가서 찾아."

수정이가 서운하지만 허락한다는 표정으로 고개를 끄덕였다.

"오 작가, 힘내. 내가 있잖아. 파이팅!"

등 뒤에서 수정이가 외쳤다.

단비는 뒤돌아보지 않은 채 어깨 너머로 주먹 쥔 손을 흔들어 보였다. 정말 힘이 난다는 듯이.

단비는 게임 스토리 속 버드가 아니라 진짜 버드가 기다리고 있는 집을 향해, 죽은 호두나무가 내려다보고 있는 현실 골짜기를 향해 터벅터벅 걸었다. 걷는 내내 '반전' 두 글자가 머릿속에서 맴돌았다. 이 모든 이야기의 최고의 반전은 뭘까? 뭐가 내 뒤통수를 노리고 있을까?

풀잎에 이슬이 맺혔다. 아침저녁으로 선선한 바람이 불었다. 어제까지만 해도 무지 더웠는데 하루아침에 여름이 끝났다. 아침을 먹으며 단비는 죽은 호두나무 때문이라고 했다.

"단비 너 혹시, 유령 뭐 그런 걸 말하고 싶은 거야? 억울하게 죽은 호두나무의 원혼이 떠돌아 서늘하다, 뭐, 그런 거?"

"유령? 원혼? 그딴 건 몰라. 아마 있었대도 죽고 말았을걸. 아저씨가 쓴 약은 유령도 죽일 만큼 독하거든."

"그럼 뭐야? 호두나무 때문이라며?"

"나비 한 마리 날갯짓이 허리케인을 일으킬 수 있다잖아. 수천 장이나 되는 호두나무 이파리들이 떨어지면서 일으킨 바람은 어떻겠어. 허리케인이 아니라 지구를 돌려놓고도 남을 거야. 계절을

206

하루아침에 바꿔 버리는 건 아무것도 아니지."

버드는 단비의 표정이 진지해서 웃음이 나왔다.

"오단비, 너 정말 그렇게 믿는 거 아니지?"

"믿어."

"믿는다고?"

"호두나무가 당한 것에 이 골짜기 모든 식물들이 충격을 받았을 거야. 걔네들은 서로 신호를 주고받으면서 연결되어 있으니까. 당연히 그걸 먹고 사는 멧돼지 고라니들한테도 충격이 번졌을 테고."

"후우…… 단비 할머니, 눈물 없인 들을 수 없는 동화네요."

버드는 한숨을 내쉬었다. 단비가 너무 나가고 있었다. 단비는 어느 때 보면 진짜 똑똑한데 어느 때 보면 진짜 순진했다.

"토르월드에 비하면 이건 동화도 아니지."

단비가 비아냥거리듯 말했다. 어느 때 보면 진짜 못됐다.

단비 할머니는 개학 풍습에 따라 학교에 갔다. 지구에는 아직 방학과 개학이라는 구석기 시대 풍습이 남아 있었다.

버드는 구름이와 둘이서 단추를 찾으러 갈 수도 있지만 단비를 기다리기로 했다. 단비 얘기 때문인가? 저 언덕 위 죽은 호두나무가 어쩐지 으스스해 보였다. 어디서 날아왔는지 검은 비닐들이 죽은 나뭇가지에 걸려 날리고 있었다. 유령선의 찢어진 돛 같았다.

무서워서 그러는 건 아냐. 절대.

단비한테는 그렇게 말해 두었다. 사실 호두나무 유령보다 더 무서운 건 서창 할머니였다. 단비도 없는데 숲속에서 그 할머니와 마주친다? 구름이는 저 혼자 줄행랑칠 테고. 생각만으로도 숨이 멎는 것 같았다.

버드는 사과 밭 일을 도우며 단비를 기다리기로 했다. 이모들은 나무에 매달려 잎사귀를 따고 있었다. 한여름에는 잎사귀로 열매에 그늘을 만들어 주어야 했다. 올여름 같은 폭염 아래서는 더더욱. 지금은 상황이 바뀌었다. 이제는 다 큰 열매를 빨갛게 만들어야 했다. 그러려면 이파리를 따 줘 열매가 햇빛을 듬뿍 받게 해야 했다.

"이파리를 전부 따 버리면 되잖아요. 그럼 더 빨리 빨개질 거잖아요. 그늘이 하나도 없으면."

버드는 이모들의 작업을 거들며 말했다. 이모들은 열매 근처의 이파리만 딸 뿐 다른 잎사귀는 그대로 두었다.

"버드, 넌 다 크면 아무것도 안 먹을 거야?"

알마 이모가 잘 걸렸다는 표정을 지으며 물었다.

"그게 무슨 말이에요?"

버드의 반문에 알마 이모가 고개를 저었다. 어떻게 설명해야 할지 모르겠다는 표정이었다.

옆 고랑에서 대장 이모가 웃었다. 호두나무 사건 뒤 이모는 딴 사람처럼 보였다. 멍하니 있는 모습이 자주 눈에 띄었다. 버드는 이모가 주먹으로 자기 가슴을 치는 걸 보기도 했다. 못 본 척했지만 가슴이 철렁했었다. 그런데 모처럼 웃고 있었다.

"이파리는 부엌이나 마찬가지야. 나무가 먹을 음식이 이파리에서 만들어지거든. 그러니 이파리를 다 따 버리면 어떻겠어?"

대장 이모가 말했다.

버드는 얼른 대장 이모 고랑으로 넘어갔다. 언제부턴가 이모 옆에 있으면 토르월드 생각이 덜 났다.

"지금 나무껍질 속에는 내년에 필 꽃눈이 들어 있거든. 버드랑 단비, 너희 같은 꽃눈 말이야. 근데 이파리를 다 따서 나무가 쫄쫄 굶으면 꽃눈이 제대로 자라겠어?"

"내년 꽃눈이 벌써 들어 있다고요?"

"응."

"어디요?"

버드는 가지를 살펴보았다. 특별한 게 없었다. 늘 보던 우둘투둘한 껍질만 있을 뿐이었다.

"버드, 껍질 속이 안 보인단 말이야? 이렇게 훤히 보이는데."

이웃 고랑에서 알마 이모가 웃어 젖혔다.

다른 때 같으면 지지 않으려 한 마디 했겠지만 버드는 그럴 기분이 아니었다. '내년'이라는 단어에 충격을 받은 상태였기 때문이다.

버드는 슬그머니 오로라 나무들에게로 갔다. 다섯 그루에서 모두 열아홉 개의 오로라가 익어 가고 있었다. 다 떨어지고 남은 게 이거였다. 하지만 다른 품종보다 빨간색이 빨리 올라오고 있었다. 빨갛게 익은 오로라를 따는 순간을 상상할 때마다 가슴이 벅차오르곤 했었다. 하지만 지금은 아니었다. 내년? 단추는 깜깜이고, 난 아직 여기서 이러고 있는데 벌써 내년이라고?

풀잎에 맺힌 이슬처럼 버드의 마음에도 다시 조바심이 맺히기 시작했다. 학교에서 돌아온 단비와 단추 수색을 나갔지만 어떻게 했는지 모르겠다. 조바심으로 눈에 들어온 게 없었다.

그날 밤, 버드는 숫자 부르는 순서를 바꾸었다. 지금까진 불시착 날짜를 먼저 말했지만 이제부턴 오로라 숫자를 먼저 하기로 했다.

"19, 217."

"217, 19 아니고?"

단비가 돌아보며 물었다.

"지금부턴 이렇게 할 거야."

"오로라 개수가 더 중요해진 거야?"

"똑같이 중요해."

"근데?"

"한쪽 숫자는 그만 줄고 한쪽 숫자는 그만 늘라는 뜻이야. 혹시 또 모르잖아. 순서 바뀌면 숫자들도 헷갈려서 정말 그렇게 될지."

버드의 바람과 달리 숫자들은 헷갈리지 않았다.

19. 219

19. 221

낮의 길이가 성큼성큼 줄어들고 있었다. 사과 밭은 성큼성큼 빨간색으로 변해 가고 있었다. 그런데도 지난번 도토리 이후 단추는 커녕 그 비슷한 것도 발견하지 못했다. 버드 조바심도 성큼성큼 커져 갔다.

수색 시간을 최대한 늘리기로 했다. 당연히 숲에서 서창 할머니와 마주치는 횟수도 늘었다. 가을이 되면서 할머니도 더 바빠졌기 때문이다. 외길에서 맞닥뜨릴 만하면 단비와 버드는 얼른 길옆으로 뛰어들었다. 풀숲에 엎드려 할머니가 지나가는 걸 지켜보았다. 풀잎 사이로 지팡이만 보일 때도 있었다. 지팡이 혼자 걸어가는 것 같았다.

"저것 봐. 마귀할멈이 틀림없다니까."

버드는 단비에게 속삭였다. 희한하게 버드는 서창 할머니만 보면 원래 버드로 돌아왔다. 조바심 따윈 잊어버리고 눈이 반짝였다.

"봐, 할머니 걸음이 확실히 빨라졌어."

단비가 중얼거렸다.

"무슨 말이야?"

"가을이니까. 두고 봐, 내일은 더 빨라질 거야. 모레는 더 더."

"무슨 말이냐니깐?"

"할머닌 겨울잠을 자거든. 그러니까 겨울이 오기 전에 얼른얼른 저런 걸 모아야 해. 버섯, 열매, 씨앗, 뿌리. 나뭇잎……. 저 배낭 속에 이 골짜기가 통째로 들어 있다고 보면 돼. 봐, 지금도 뭔가 따셨어."

단비가 풀숲 위로 고개를 살짝 내밀며 말했다.

"산초나무 열매 같아. 마가목인가?"

"겨울잠을 잔다고?"

"응."

"후우, 호두나무 유령에 겨울잠까지. 이 골짜기에는 없는 게 없구나. 으, 제발 절 토르월드로 보내 주세요!"

다음 날도 숲에서 할머니를 보았다. 단비 말대로 할머니 걸음이 빨라졌다. 그다음 날은 또 더.

200일이 된 게 엊그제 같은데 벌써 또 시간이 훌쩍 지났다.

낮에는 햇빛이 가득했다. 밤이면 기온이 뚝 떨어졌다. 사과 열매를 위한 최고의 날씨가 이어지고 있었다. 낮 동안 열매에 스며든 햇빛은 밤이면 단맛으로 바뀌어 과육 깊숙이 쌓였다. 쌓이고도 남은 단맛에서 빨강색이 만들어졌다. 사과 껍질이 선명한 빨강색을 띠었다.

가을이 되면서 숲에는 자주 안개가 피어올랐다. 단비 눈에는 안개 서린 숲이 신비롭게 보였다. 버드에게는 아닌 모양이었다. 버드는 막대기로 안개를 휘저으며 짜증을 냈다. 시간이 두 배나 걸렸는데 전날의 반의반도 수색을 못했다. 숲으로 들어갈수록 안개가 짙어져 수색을 더 할 수도 없었다. 버드 심정이 이해돼 단비는 짜증을 모르는 척해 주었다.

"아무래도 수색을 방해하는 세력이 있는 것 같아."

숲에서 내려오면서 버드가 볼멘소리로 툴툴거렸다.

"방해 세력?"

"누군가 일부러 안개를 뿌리는 것 같아."

"토르월드에선 그러나 봐?"

단비는 궁금하지 않지만 거들었다. 버드 기분을 맞춰 주기로 했다.

"토르의 안개 얘기해 줬던가?"

"토르의 안개?"

"토르는 적을 제거하는 데 안개를 썼대. 토르의 명령을 받은 드론봇들이 토르의 적이 있는 곳으로 날아가서 주변을 온통 안개로 덮어 버린다는 거야. 안개는 안갠데 얼음 입자로 된 안개지. 숨을 쉴 때마다 몸 안으로 들어간 안개가 기관지랑 폐를…… 으으…… 오단비! 가슴이 찢어지는 것 같아."

버드가 가슴을 움켜쥐며 바닥에 쓰러지는 시늉을 했다.

"오……단비, 너라도 살아남아 줘. 살아남아서 내가 토르월드를 그리워했다고 전해 줘. 누군가 나를 찾으러 올 거야. 그러면 꼭 이 버드가 토르……월드를 그리워…… 으으, 오단비, 너라도 숨을 참아. 숨을 쉬면 안 돼!"

버드는 숫제 바닥에 무릎을 꿇었다.

"일어나. 여긴 화양이야, 화양 골짜기."

단비는 안개를 깊이 들이마시며 말했다.

버드가 무릎을 털며 일어났다. 기분이 좀 풀린 것 같았다.

"괴물들이야."

단비는 참을까 하다 내뱉었다.

"뭐가?"

"버드 너, 토르, 토르월드 사람들 모두. 토르월드가 정말 있는지 없는지 모르지만."

"왜?"

"어떻게 그렇게 잔인할 수 있어? 어떻게 그런 토르를 따를 수 있어?"

"그럼 적을 그냥 뭐? 진짜 괴물은 지구인들이야."

"뭐?"

"자기네 집이 망가지고 있는데도 너흰 손 놓고 있잖아. 어마어마한 무기로 서로 죽이기나 하면서. 거기에 비하면 얼음안개는 무기도 아냐."

단비는 반박하고 싶어도 지구촌 곳곳의 전쟁 뉴스가 떠올라 힘이 빠졌다. 토르의 안개를 마신 것처럼 가슴이 답답했다.

"단비! 버드!"

빈손으로 내려오는 버드 심정도 모르고, 마음이 무거운 단비 심정도 모르고, 고랑에서 알마 이모의 목소리가 울렸다. 기분이 좋은 목소리였다. 단비는 내키지 않았지만 그쪽으로 방향을 틀었다. 버드도 내키지 않는 표정으로 따라왔다.

"여길 봐!"

알마 이모가 커다란 사과나무 아래 서 있었다. 빨간 사과를 주렁주렁 매단 가지들이 바람에 묵직하게 출렁이고 있었다. 햇볕이 잘 드는 곳이라 해마다 그 나무의 열매들이 제일 먼저 빨개졌다.

"잘 봐 둬. 여기가 알마티야! 알마티가 꼭 이렇다고."

알마 이모가 사과나무를 올려다보며 말했다.

이모 얼굴에 기쁨이 흘러넘쳤다. 여름 내내 색이 바랬던 머리칼도 다시 빨갛게 타오르고 있었다. 그 순간 이모는 정말로 알마티 언덕에 서 있는 듯했다.

"유령에 겨울잠에 알마티까지. 여긴 없는 게 없네요. 토르월드만 빼고."

알마 이모가 무슨 말이냐는 표정으로 쳐다보았지만 버드는 벌써 내려가고 있었다.

그날 저녁 식사가 끝난 뒤 엄마가 말했다.

"다음 주말부턴 따기 시작해도 될 것 같아."

엄마 말에 이모들이 환한 얼굴로 고개를 끄덕였다. 수확이 시작되면 다시 바빠질 텐데 그래도 좋은 모양이었다. 단비도 기뻤다. 버드 마음은 좀 복잡한 듯했다.

"그럼 오로라도?"

단비는 알면서도 일부러 물었다. 버드 마음이 좀 나아지길 바라서였다.

"오로라가 제일 먼저지."

엄마가 고개를 끄덕이며 대답했다. 그러고 보니 엄마 표정도 버드처럼 좀 복잡해 보였다.

"이대로 조금만 더 가 줬으면 좋겠는데…… 날씨가 너무 좋아도 걱정이라니까."

단비는 엄마가 뭘 걱정하는지 알았다. 가을 태풍이 오지 않은 해는 없었으니까. 폭염에 시달릴 때는 태풍이라도 와 주길 바랐었다. 지금은 생각만으로도 아찔했다.

"내일도 해 있어요. 계속 계속."

메이 이모의 말에 엄마가 고개를 끄덕이며 응답했다. 그래, 그럴 거야.

방에 돌아와서도 버드는 말이 없었다.

"드디어 우리 오로라야. 대단하지 않아?"

이불을 깔고 누워 단비는 천장을 올려다보며 말했다.

태어나면서부터 사과와 함께했지만 이번 오로라는 특별했다. 지난 3년 동안 어린 오로라 나무를 제대로 쳐다본 적도 없었다. 버드를 꼬드기느라 관심을 갖기 시작했을 뿐이다. 하지만 어느새 이렇게 첫 수확을 앞두고 있었다.

"그래, 대단해. 근데 이럴 줄 몰랐어."

버드 목소리에 힘이 없었다. 단비는 기다렸다. 버드는 곧 투덜대면서 속마음을 드러낼 거였다.

"이렇게 오래 단추를 찾지 못할 거라곤 상상도 못 했어. 단추도 없는데 오로라는 따서 뭐 해."

"다음 주말이라지만 아직 한참 남았어. 누가 알아? 그사이에 한 손엔 오로라, 한 손엔 단추를 쥐게 될지?"

"그럴까?"

버드가 애처로운 눈빛으로 단비를 쳐다보았다. 단비는 그렇게 되기를 바랐다. 동시에 그렇게 되지 않기를 바랐다. 두 마음 다 진심이었다.

"19, 230."

잠들기 전 버드는 숫자 세는 걸 잊지 않았다.

풀벌레 떼창 소리가 불 꺼진 방 안에 가득 찼다. 단비는 잠 못 들고 뒤척였다. 무언가가 자꾸 가슴을 베고 지나갔다. 세상은 온통 안개에 싸여 무엇 하나 선명하지 않았다. 버드도, 자신도, 엄마와 이모들도 누군가 만든 이야기 속에 들어와 살고 있는 것처럼 아득했다. 이 이야기는 언제 끝날까? 어떻게 끝날까? 단추가 정말 있긴 한 걸까? 있다면 어딜까? 어디 있는 걸까?

그날은 좀 특별했다.

아침 일찍 서창 할머니가 왔다. 할머니가 들고 온 바구니에는 숲에서 딴 싸리버섯, 까치버섯, 노루궁뎅이버섯이 넘치게 담겨 있었다. 다른 때 같으면 할머니는 문 앞에 바구니를 툭 던져두고 갔을 거다. 오늘은 문을 두드렸다.

"큰 거 오겄어."

할머니가 엄마에게 바구니를 건네며 말했다.

"네?"

"야무지게 매어 놔."

엄마가 무슨 말인지 물으려 했지만 할머니의 눈길은 엄마 옆에 있는 구름이한테 가 있었다. 할머니는 구름이를 뚫어지게 쳐다보았다. 웬일인지 구름이도 짖지 않고 할머니를 뚫어지게 쳐다보았다. 서로 텔레파시라도 주고받는 것 같았다.

"둘을 데리고 오는구나."

할머니가 구름이에게 말했다. 구름이가 공손한 표정으로 눈을 끔벅였다.

엄마가 다시 물을 사이도 없이 할머니는 가 버렸다.

할머니가 문 앞에 머문 짧은 시간 동안, 집 안은 마법에 걸렸다. 벽시계 초침이 멈췄고, 압력밥솥에서 빠져나오던 증기가 멈추었다. 알마 이모는 머리맡의 사진에 입을 맞추다 멈췄고, 메이 이모는 머리를 묶다 멈추었다. 막 일어난 단비와 버드는 기지개를 켜다 그대로 멈추었다.

할머니가 떠난 순간 마법이 풀렸다. 초침이 다시 움직이고, 증기가 밥솥 추를 밀어 올렸다. 너무 짧아 마법에 걸렸던 걸 아무도 느끼지 못했다.

엄마는 문 앞에서 홀린 듯 서 있다가 깨어났다. 손에 들린 바구니가 아니면 꿈을 꾼 거라고 생각할 뻔했다. 할머니는 어느새 비탈을 올라 숲으로 들어가고 있었다.

허둥지둥 하루가 시작되었다. 버드 혼자만 느긋했다. 버드는 날아갈 것 같은 기분이라며 처음 듣는 노래를 흥얼거렸다. 토르월드에서 유행하는 노래라고 했다.

"오, 거기에도 노래라는 게 있어?"

단비는 가방을 메며 한마디 해 주었다. 지각할 것 같아 마음이 바쁜데 버드는 베짱이처럼 느긋하게 깐족거렸다. 문을 열고 뛰어나오는데 버드가 등 뒤에서 소리쳤다.

"오단비, 일찍 와. 오늘 예감 끝내주거든!"

버드 예감과 달리 하루 종일 자잘한 사고가 꼬리를 물고 이어졌다.

엄마는 사과 어깨에 앉아 쉬고 있던 호박벌을 건드렸다. 그늘에 가린 사과를 꺼내 주려고 이파리 속으로 손을 집어넣는 순간 눈앞이 번쩍했다. 손등이 벌겋게 부어올랐다.

사다리에 올라 작업 중이던 알마 이모는 알마티에서 걸려온 전화를 받았다. 손으로는 이파리를 따고 핸드폰은 턱과 목 사이에 끼고 통화했다. 빅토르는 언제나 웃음을 터뜨리게 만드는 아이였다. 이모는 알마티까지 들릴 만큼 웃어 젖혔다. 그러다 균형을 잃고 말았다. 핸드폰이 하필 고랑 돌멩이 위로 떨어졌다. 액정에 금이 갔다.

메이 이모의 손은 누구나 인정하는 신의 손이었다. 스치기만 해도 뭐든 가지런해지고 제자리를 찾아가게 만드는 손이었다. 오늘은 난감한 손이었다. 이모 손이 스치기만 해도 멀쩡히 달려 있던 사과가 툭툭 떨어졌다.

222

구름이는 마당에 납작 엎드려 눈알만 굴려 댔다. 버드가 불러도 쳐다보지 않았다. 그러다 결국 사고를 칠 뻔했다. 고랑으로 마실 나온 닭들을 공격했다. 전에 없던 일이었다. 닭들이 비명을 지르며 내뺐다. 수탉 한 마리는 꽁지깃을 물렸다가 마침 점심을 먹으러 내려오던 엄마 일행에게 구조되었다. 구름이는 줄에 묶이는 벌을 받았다.

복도 모퉁이를 돌던 단비는 모서리에 제대로 부딪쳤다. 멍 때리며 걷던 중이었다. 눈앞에서 폭죽이 터졌다. 코피가 멈추질 않았다. 고맙게도 교복을 흠뻑 적셔 주었다. 담임선생님한테서 먼저 '조퇴'라는 단어가 나왔다. 수정이가 교문까지 따라 나왔다.

"이게 다 스트레스 때문이야. 그깟 스토리가 뭐라고. 단비 너 단추 생각하다 부딪친 거지? 그걸 어디다 숨겨 둘까, 어떻게 찾게 할까. 단추가 단비 잡네. 야, 오 작가, 그냥 적당한 데다 숨겨. 그리고 대충 끝내. 더는 못 봐주겠다."

단비도 더는 들어줄 수 없었다. 오늘따라 수정이 목소리가 모기 앵앵거리는 것처럼 들렸다. 집까지 데려다주겠다는 수정이를 겨우 떼어 놓았다.

"여기서 한 발짝만 더 따라오면 단추 어디서 찾았는지 얘기 안 해 준다."

자잘한 사고들이 모여 커다란 사건 쪽으로 흘러갔다.

　저녁 무렵, 단비와 버드는 서창 할머니네로 심부름을 가야 했다. 아침에 버섯을 담아 온 할머니네 바구니에 사과를 담아 가져갔다. 메이 이모의 난감한 손에 떨어진 사과들이었다. 풋맛이 남아 있긴 하지만 새콤달콤의 9부 능선을 넘은 열매들이었다.

　묶였던 구름이는 풀려난 지 얼마 안 되어 아직 반성 모드였다. 다른 때 같으면 저만치 앞장설 텐데 단비 옆에 딱 붙어 걸었다.

　"먹어 봐."

　단비가 바구니에서 사과 하나를 꺼내 버드에게 내밀었다. 버드는 쳐다보지도 않았다.

　"후, 폼페뉴에서 바늘 찾기가 더 빠를 것 같아. 오늘은 정말이지 단추를 쥘 줄 알았는데."

　몇 시간 전, 버드는 조퇴하고 온 단비를 본 순간 예감이 맞아떨어지고 있다며 좋아했다. 단비는 쉬었다 가고 싶었지만 버드가 잡아끌어 수색에 나섰다. 미안했는지 버드는 수색하는 내내 너스레를 떨었다.

　"오단비, 보이지 않는 손이 너를 밀어 복도 모서리에 부딪치게 한 거야. 왜? 코피를 흘려 조퇴하게 하려고. 조퇴는 왜? 얼른 가서 이 버드님과 함께 단추 찾으라고."

　하지만 오늘도 빈손으로 내려와 이렇게 심부름이나 가는 중이었다. 버드는 사과를 베어 물 기분이 아닌 것이다.

"버드, 오늘은 내가 재수꽝 할게."

단비는 울적한 버드를 위해 선심을 썼다. 할머니네 심부름을 갈 때마다 가위바위보로 '재수꽝'을 정하곤 했다. 당연히 진 사람이 그날의 재수꽝이다. 재수꽝이 심부름의 끝을 장식한다. 들고 간 것을 할머니네 마루에 놓고 오는 거였다. 이긴 사람은 마당 입구에서 달아날 준비를 하며 기다린다.

해가 지지 않았는데도 할머니네 움막 주변은 어둑했다. 방문은 닫혀 있고 아무런 인기척이 없었다. 단비는 뒤꿈치를 들고 마당으로 들어섰다. 버드와 구름이는 마당 입구에 서서 지켜보고 있었다.

단비는 소리 나지 않게 조심조심 바구니를 마루에 내려놓았다. 그 순간, 단비 앞으로 뭔가가 휙 지나갔다. 바구니가 뒤집어지고 단비는 비명을 지르며 주저앉았다. 검은 고양이 꼬리가 모퉁이 너머 뒤란 쪽으로 사라졌다.

구름이가 고양이를 쫓아 달려갔다. 말릴 틈도 없었다. 구름이 흰 꼬리가 모퉁이 너머로 사라졌다.

"구름아."

단비는 구름이를 부르며 쫓아갔다. 버드는 단비를 부르며 쫓아갔다. 순식간에 벌어진 일이었다.

환했다. 골짜기의 저녁 빛이 거기 뒤란에 다 모여 있었다.

단비와 버드는 입을 벌린 채 서로 쳐다보기만 했다. 잡동사니투성이인 앞마당 뒤에 이런 뒤란이 있다는 게 믿기지 않았다. 뒤란은 높다란 절벽으로 싸여 있었다. 절벽에 반사된 빛이 가운데로 모여 빛 웅덩이를 만들고 있었다. 그 안에서 온갖 종류의 줄기와 잎과 열매가 어우러져 자라고 있었다. 엄마 말대로 세상에서 제일 정갈하고 골고루인 텃밭이 거기 펼쳐져 있었다.

구름이 짖는 소리에 단비와 버드는 현실로 돌아왔다. 절벽 근처에서 구름이 소리가 울렸다. 높이 자란 옥수숫대에 가려 이쪽에서는 보이지 않았다. 구름이 소리가 점점 사나워졌다.

단비와 버드는 텃밭으로 뛰어들었다. 참깨, 고춧대를 헤치며 가로질렀다. 호박넝쿨에 걸려 함께 넘어졌지만 벌떡 일어나 달려갔다.

옥수숫대를 젖히자 구름이가 보였다. 구름이는 뭔가에 압도된 듯했다. 네 다리로 버티고 서서 뭔가를 바라보고 있었다. 절벽 아래, 커다란 구멍이 입을 벌리고 있었다. 동굴이었다. 위쪽에서 늘어진 넝쿨들이 주렴처럼 동굴 입구를 가리고 있었다. 그 사이로 동굴의 어둠이 비쳤다. 단비는 침을 삼키며 한 발 물러섰다.

지원군이 온 걸 확인한 구름이가 다시 짖기 시작했다. 고양이는 보이지 않았다. 동굴 안에서 서늘한 바람이 불어 나왔다. 구름이 털이 앞으로 쏠리는 듯하더니 구름이가 동굴로 뛰어들었다. 아니, 뛰어든 게 아니라 동굴의 어둠 속에서 무언가가 구름이를 낚아챈 것처럼 보였다.

단비와 버드는 목이 터져라 구름이를 불렀다. 구름이 짖는 소리가 점점 멀어져 갔다. 가만히 있을 수 없었다. 동굴로 뛰어들기 직전, 단비는 위를 쳐다보았다. 절벽 틈새에서 뒤틀린 소나무가 내려다보고 있었다. 들어가지 마. 소나무 정령의 목소리가 울린 듯했다. 하지만 다른 방법이 없었다. 구름이가 저 안에 있었다. 단비는 동굴 안으로 뛰어들었다. 버드도 얼떨결에 단비를 따랐다.

통로가 좁아 나란히 걷기가 힘들었다. 핸드폰을 든 단비가 앞에 섰다. 버드는 단비의 셔츠를 움켜잡고 따라 걸었다. 핸드폰 불빛에 의지해 한 발짝씩 안으로 들어갔다. 눈이 차츰 어둠에 적응해 갔다. 차라리 적응하지 못해 아무것도 보지 못하는 편이 나았다. 날카롭게 튀어나온 바위와 그 틈새의 어둠에 다리가 후들거렸다. 한 발 한 발 디딜 때마다 다리가 녹아 사라지는 것 같았다.

"꼭 가야 돼?"

버드가 단비의 셔츠를 당기며 물었다.

"구름이가 저 안에 있잖아."

"입구에 불을 피우면 되잖아. 연기 때문에 튀어나올 거라고."

"그러다 더 안으로 들어가 버리면? 지금 결정해. 따라오면서 계속 이럴 거면 지금 나가는 게 나아. 난 혼자라도 갈 거야."

말은 그렇게 했지만 단비는 조마조마했다. 혼자서는 도저히 늘어갈 수 없었다. 함께 가자고 사정하려는 순간 버드가 등을 쿡 찔렀다.

"가!"

둘은 욕 배틀을 하면서 한 발 한 발 나갔다. 이런 모험을 하게 한 구름이와 어둠 속에서 지켜보고 있을 괴물을 향해 자신들이 아는 최고의 욕을 번갈아 날렸다. 식은땀이 흘렀다. 모든 감각이 불을 켜고 살아났다. 상대방의 작은 탄식, 헛디딜 뻔한 발걸음, 미세하게 흔들리는 공기, 울리는 발자국 소리가 둘 사이를 오가며 증폭되었다. 그런데도 한 발씩 안으로 들여놓고 있었다. 구름이 때문만은 아니었다. 저 안쪽에서 무언가가 끌어당기고 있었다.

"빨려들어 가는 것 같아."

단비가 속삭이듯 말했다.

"나도."

버드가 속삭였다. 구름이는 어둠 속에서 어쩌다 한 번씩 짖고 있었다. 자기가 어디쯤 있는지 신호를 보내는 것 같았다. 하지만 소리가 울려 거리를 가늠할 수 없었다.

"토르월드로 영원히 돌아가지 못한대도 좋아. 여기서 살아 나가기만 하면 돼."

"정말?"

"맹세해. 안 가도 좋아. 그러니까 오단비 아무 말이나 해 봐. 조용하면 더 무섭다고!"

"버드, 우리는 지금 웜홀을 통과하는 중이야. 동굴 끝까지 가면 문 하나가 나올 거야. 토르월드로 이어지는 문이야. 그 문 앞에서 우리는 헤어지는 거지. 나는 구름이를 안고 나오고 너는 그 문을 열고 토르월드로 들어가는 거야."

단비는 생각나는 대로 떠들었다. 무서움이 조금 가시는 듯했다.

"오, 오단비. 웜홀을 다 알고."

"이거 왜 이러셔. 이래 봬도 사과 밭 집 딸이야. 구구단보다 벌레 먹은 사과 골라내는 법을 먼저 깨우치신 몸이라고."

천장이 높아졌다. 머리를 숙이지 않아도 되었다. 그런데도 둘은 계속 수그린 채 앞으로 나갔다.

"쉿!"

단비가 멈춰 섰다.

간격을 두고 규칙적으로 울리던 구름이 소리가 조금 전부터 들리지 않았다. 단비는 목소리를 낮춰 구름이를 불렀다. 버드가 단비 셔츠를 더 세게 움켜잡았다.

"근처에 있는 것 같은데."

단비는 핸드폰을 들어 앞쪽을 비추었다. 구름이는 보이지 않았다. 다시 불러 보았지만 잠잠했다. 무언가 퍼덕이는 소리가 난 것 같았다. 둘은 서로 붙들고 주저앉았다. 심장이 오그라들어 꼼짝할 수 없었다.

"난 더 못 가."

버드 목소리가 떨렸다.

"그래, 나가자. 입구에서 불을 피우는 게 낫겠어."

단비도 같은 심정이었다. 구름이도 구름이지만 일단 자기 먼저 살아남고 봐야 했다. 단비는 버드 손을 잡고 일으켰다. 버드 손이 축축했다.

그때 핸드폰 불빛 안으로 희끗한 게 들어왔다. 구름이였다. 단비와 버드는 무섬증도 잊고 구름이를 향해 환호성을 질렀다. 동굴이 울렸다. 금방이라도 무너져 내릴 것 같았다. 구름이가 단비에게 안길 듯 달려왔다. 그러더니 몇 발짝 앞에 멈춰 섰다.

"구름아, 얼른 와."

단비가 불러도 구름이는 빤히 쳐다보기만 했다. 단비가 다가가 안으려는 순간 구름이가 되돌아 달아났다. 바로 앞의 구름이는 잡힐 듯 잡히지 않았다.

모퉁이를 돌았다. 순간 서늘한 기운이 둘을 덮쳤다. 둘은 부둥켜안은 채 다시 얼어붙었다. 이제 정말 구름이고 뭐고 없었다. 버드는 단비가 모르는 말을 속사포로 쏟아내고 있었다. 예전에도 그런 적 있었다. 토르어로 욕하는 거였다.

단비는 간신히 용기를 내 핸드폰으로 사방을 비춰 보았다. 거기가 동굴의 끝이란 걸 깨달았다. 바위로 된 벽과 둥근 천장이 보였다. 바닥은 평평한 흙바닥이었다. 둥그스름한 방에 와 있는 것 같았다. 구름이가 그 한가운데에 있었다. 구름이 표정도 평소대로 돌아와 있었다. 꼬리를 흔들기까지 했다.

"구름아."

단비는 한 발짝 안으로 들어섰다.

어느새 서늘한 기운이 사라지고 아늑했다. 웅크렸던 몸이 저절로 펴졌다.

"여기가 어디지?"

버드가 따라 들어오며 물었다.

"동굴 끝."

"끝? 그럼 토르월드로 나가는 문은?"

"찾아봐야지."

단비는 핸드폰을 들어 이리저리 비추었다. 핸드폰 불빛에 선반처럼 튀어나온 벽이 드러났다. 거기 뭔가가 있었다. 단비는 끌리듯 다가갔다. 옥수수였다. 잘 마른 옥수수 한 묶음이 바위 모서리에 걸려 있었다. 그 위쪽에는 수수 다발이, 그 옆에는 벼 이삭 묶음이 걸려 있었다. 단비는 핸드폰으로 벽을 빠르게 훑었다. 암벽에는 크고 작은 틈이 무수히 나 있었다. 그 틈마다 뭔가가 들어 있었다.

"이게 다 뭐야?"

뒤쪽에 있던 버드도 놀란 듯했다.

"보리, 밀. 이건 모르겠어. 귀리인가? 이건 조, 이건 율무."

단비는 벽을 따라 천천히 걸음을 떼며 말했다. 위쪽 틈새에는 한 주먹씩의 콩이 종류별로 나뉘어 길게 놓여 있었다. 팥과 녹두도 알아볼 수 있었다. 상추, 참깨, 들깨, 고추, 배추…… 씨앗들.

"누가 이런 거지?"

버드가 중얼거렸다. 토르월드로 가는 문 따윈 잊은 목소리였다.

"여긴 서창 할머니네 뒤란이야."

단비는 맞은편 벽을 비추며 대답했다.

여기선 보이지 않지만 거기 틈에도 무언가가 있었다. 그 옆을 비추었다. 거기에도 뭔가가 있었다. 버드가 무슨 말인가를 하고 있었지만 단비 귀에는 들리지 않았다.

"여긴 꽃씨들이야."

단비는 중얼거리며 벽을 올려다보았다. 백 가지가 넘는 꽃씨들이 작은 유리병에 담겨 있었다. 나팔꽃 씨앗은 유리병이 아니라 신문지에 싸여 있고, 그 옆에는 잘 마른 해바라기 꽃이 통째로 놓여 있었다. 이름을 알 수 없는 구근 종류가 이어지고 말린 열매들이 나타났다.

"우린 지금 씨앗 도서관에 와 있어."

단비는 숨을 참으며 귀를 기울였다. 씨앗들이 소곤거리는 소리가 들리는 것 같았다. 콧등이 시큰해졌다. 골짜기와 숲을 누비던 할머니가 떠올랐다. 가을만 되면 할머니가 부쩍 바빠진 이유를 깨달았다. 겨울잠이 아니라 씨앗을 모으느라 그런 거였다.

"정말 마귀할멈이 틀림없다니까."

버드도 감동받았는지 목소리가 떨렸다.

"버드, 이것 봐. 사과 씨야! 사과 씨도 있어. 이건 복숭아. 살구, 자두. 이쪽은 대추……. 밤, 은행, 도토리. 이건 마가목, 잣. 아! 호두…….."

아! 호두 옆에 무언가가 있었다. 처음 보는 열매였다. 하지만 단비는 그 열매가 뭔지 바로 깨달았다. 몸에서 뭔가가 쑥 빠져나갔다. 단비는 쓰러질 것 같아 벽을 짚었다.

"뭔데?"

뒤에 있던 버드가 앞으로 나오며 물었다.

단비는 얼른 핸드폰을 틀었다. 불빛이 건너편 벽을 비추었다. 단비는 벽을 더듬어 호두를 찾아냈다. 그리고 그 옆의 단추를 움켜쥐었다. 손바닥이 타들어 가는 것 같았다.

"호두가 왜? 뭐냐니까?"

"여기 너무 오래 있었어."

단비는 얼른 이곳에서 나가고 싶었다. 그 생각뿐이었다.

구름이가 바로 앞에 있는데도 단비는 구름이를 큰 소리로 불렀다. 이곳에서 자신을 구해 줄 수 있는 건 구름이밖에 없었다. 버드는 자신과 아무 상관없는 사람이었다. 처음 보는 낯선 사람이었다.

어떻게 거길 빠져나왔는지 모르겠다. 버드가 떠나고 오랜 후에도 단비는 그때를 떠올려 보고는 했다. 하지만 생각나는 게 없었다. 앞에서 걷다 뒤돌아보곤 하던 구름이의 눈빛, 헛발을 디뎌 넘어지면서도 꽉 쥐고 있던 주먹. 그것 말고는 아무것도 생각나지 않았다.

뒤란에는 아직도 저녁 빛이 남아 있었다. 동굴에 머무른 시간은 길지 않았다. 그런데도 몇 백 년이 흘러 버린 것 같았다.

두려움이 밀려왔다. 사과 밭이, 엄마가, 이모들이 그대로 있는지 당장 확인해야 했다. 단비는 집을 향해 뛰기 시작했다. 조금이라도 늦는다면 모든 게 영원히 사라져 버릴지 몰랐다.

"웜홀이라고? 토르로 통하는 문은 없었어!"

등 뒤에서 버드가 따라오며 소리쳤다.

바로 몇 발짝 뒤인데도 버드 목소리가 아득했다. 단비는 주먹이 저 혼자 날아가지 못하게 옆구리에 꼭 붙이고 달렸다. 눈물이 터질 것 같았다. 토르월드로 통하는 문이 지금 자신의 주먹 안에 들어 있었다.

그날 밤, 일본 오키나와 동쪽 먼 바다에 태풍 씨앗 하나가 던져졌다.

단비는 밤새 앓았다. 열이 오르락내리락했다. 다음 날도 그랬
다. 버드 말대로 결석하기 딱 좋을 만큼이었다. 병원에 가 보자는
엄마에게 단비는 고집을 부렸다.

"내가 왜 아픈지 내가 알아. 엄마, 그러니까 안 가도 돼."

어른들은 사과 밭으로 나가고 버드가 옆에 있어 주었다.

"단비 너, 너무 놀라서 그래. 동굴에선 몰랐는데 나와서 보니까
네 얼굴 장난 아니었거든."

버드 표정은 걱정 반 놀림 반이었다.

"와아! 놀랍긴 했지. 씨앗 도서관이라니. 다음에는 손전등을 가
져가자. 한번 제대로 보고 싶어."

버드가 떠드는 말을 흘려들으며 단비는 말없이 천장만 바라보았

다. 아무런 마음도 들지 않았다. 마음이 사라져 버린 것 같았다.

어젯밤, 단비는 버드 몰래 비행 슈트가 든 상자를 열어 보았다. 단추가 빠져나온 자리가 또렷했다. 자신이 쥐고 있는 단추와 똑같은 모양의 빈자리였다. 믿기지 않아 보고 또 보았다. 슈트에서 팔이 뻗어 나와 단추를 빼앗아 갈 것만 같아 단비는 상자를 옷장 깊숙이 밀어 넣어 버렸다. 단추는 냅킨으로 꼭꼭 싸 책상 서랍에 숨겼다.

다음 날도 열이 내리지 않았다.

"이게 뭐냐? 이틀째 수색을 못 나가고 있잖아. 얼른 나으라고!"

투덜대면서도 버드는 이마의 물수건을 새것으로 바꿔 주곤 했다.

단비는 버드를 제대로 쳐다보기가 어려웠다. 단추, 수색, 그런 단어를 듣기만 해도 죄책감이 들어 눈을 감아 버렸다. 그러다 단비는 잠이 들고 꿈을 꾸었다.

단비는 수정이랑 언덕으로 올라가고 있었다. 구름이가 앞에서 걷고, 구름이 앞에는 비행 슈트 차림의 누군가가 걸어가고 있었다. 뒷모습만으로는 누군지 알 수 없었다. 언덕에 도착할 때까지 비행 슈트는 한 번도 뒤돌아보지 않았다. 딱 한 번, 날아오르기 직전 헬멧 고리를 잠그며 돌아보았다. 단비 자신이었다. 수정이 옆에 선 자신이 비행 슈트를 입은 자신을 보고 있었다. 꿈속에서도 놀라 단비는 소리를 질렀다. 수정이가 그 틈에 추진 단추를 눌렀다. 몸이 떠올랐다. 오 작가, 파이팅! 수정이가 손을 흔들며 외쳤다. 구름이도 두 발로 서서 손을 흔들었다.

"수정이 왔었어?"

단비는 잠에서 깨나며 물었다.

"수정이가 누군데?"

버드가 되물었다.

단비는 다시 잠에 빠져들었다. 이번에는 까맣게 썩은 단추를 보았다. 단추가 탄저병에 걸렸다고 했다. 알마 이모가 구덩이를 파고 단추를 묻었다. 그 자리에서 싹이 올라오더니 호두나무로 변했다. 가지마다 주렁주렁 썩은 단추가 열렸다. 동굴 안에서 청수사과원 아저씨와 맞닥뜨린 꿈을 꾸었고, 서창 할머니가 고라니로 변신하는 꿈을 꾸었다.

단비는 잠결에 버드에게 털어놓게 될까 봐 두려웠다. 단추에 관한 잠꼬대를 할까 봐 두려웠다. 잠에서 깨면 단추를 돌려주어야 한다고 스스로를 다그쳤다. 단추는 버드의 것이었다. 버드가 애타게 찾는 것이었다. 하지만 아직 그러고 싶지 않았다. 마음이 사라져 버린 상태에서 유일하게 드는 마음이라곤 그것뿐이었다.

　단비가 미열과 꿈 사이를 오가는 동안 태풍은 전진하고 있었다. 예상대로라면 태풍은 일본에 상륙한 뒤 소멸될 거였다. 그때까지만 해도 이 골짜기는 태풍의 직접적인 영향권에서 벗어나 있었다. 하지만 대만 인근 해상에서 또 다른 태풍이 발생하면서 상황이 달라졌다. 그 태풍은 놀라운 속도로 북상하면서 앞서 발생한 태풍을 집어삼켜 버렸다.

　태풍에 관한 뉴스가 헤드라인을 차지하는가 싶더니 TV 정규 프로그램이 취소되었다. 채널마다 재난방송이 나왔다. 피해 방지 요령과 안전 수칙이 종일 반복되었다. 인공위성이 찍은 태풍의 사진이 화면을 가득 채웠다.

　초대형급으로 올라선 태풍은 진로를 틀었다. 새로운 길로 가 보고 싶어진 거였다. 단비네 골짜기가 영향권으로 빨려 들어갔다.

수확을 며칠 앞둔 사과 밭이 긴박하게 돌아갔다. 엄마와 이모들은 배수로의 풀과 흙더미를 걷어내고, 사과나무를 받쳐 주는 쇠 지지대가 제대로 박혀 있는지 살폈다. 몇 년 전 태풍으로 큰 피해를 본 뒤 지지대를 박아 나무와 묶어 놓았다. 지지대끼리는 강철 와이어로 연결해 고정했다. 와이어가 헐거워진 곳은 다시 조였다. 엄마와 알마 이모는 사다리에 올라 망치질을 했다. 그 아래서 메이 이모는 늘어진 사과나무 가지를 지지대에 단단히 묶었다.

엄마는 얼른 결정을 내려야 했다. 부사 품종은 수확까지 한 달이 넘게 남아 고민할 게 없었다. 태풍 할아버지가 온대도 지금은 딸 수 없었다. 홍로와 오로라 품종이 문제였다. 둘 다 완성을 눈앞에 두고 있었다. 며칠만 기다리면 최고의 맛과 색이 날 거였다. 아쉽지만 지금이라도 따든지 모험을 하든지 결정해야 했다. 엄마 마음은 급하고, 일은 끝도 없고, 머릿속은 복잡했다. 망치가 엄마 왼쪽 엄지를 내리치고 말았다.

항구로 피한 배들을 산산조각 내며 태풍이 상륙했다. 여기 골짜기는 아직 고요했다. 오히려 더 잠잠해진 듯했다. 바람 하나 불지 않고 하늘에는 새털구름이 떠 있었다.

그런데도 닭들은 구석에 몰려 있었다. 문을 열어 주어도 사과 밭으로 나올 생각을 하지 않았다. 구석에 한 덩어리로 뭉쳐 서서 작은 소리에도 목을 핵핵 젖히며 두리번거렸다.

구름이는 단비 침대 아래로 들어가 납작 엎드려 있었다. 좋아하는 단호박 말랭이를 흔들며 불러도 꿈쩍하지 않았다.

저녁이 다가오면서 골짜기는 더 고요해졌다. 오로라 열매처럼 빨간 노을이 사방으로 번졌다. 골짜기를 에워싼 능선이 칼로 오린 것처럼 또렷했다.

밤이 되어도 식구들은 사과 밭에서 내려오지 않았다. 사과 한 알이라도 더 지키기 위해 어둠 속에서 단단히 묶고, 조이고, 망치질하고 있었다. 버드도 사과 밭에 나가 있었다. 단비는 일손을 거들다가 너무 어지러워 들어오고 말았다.

단비는 혼자 누워 식구들을 기다렸다. 내린 것 같던 열이 다시 오르고 있었다. 아무렇지 않은데 눈물이 나왔다. 정말 아무렇지 않은데. 엄마의 보랏빛으로 부어오른 엄지손톱이 천장에서 둥둥 떠다녔다. 알마 이모가 내뱉은 고스빠지가, 메이 이모의 겁먹은 눈동자가 둥둥 떠다녔다. 눈물이 귓속으로 흘러들었다.

"엄마아!"

"버어드!"

단비는 창문에 이마를 대고 바깥을 내다보았다. 투창처럼 솟은 쇠파이프 지지대가 어둠을 찌르며 서 있었다. 이파리들이 흔들리기 시작했다. 사과나무 가지가 묵직하게 흔들리기 시작했다.

새벽 세 시.

태풍은 가로수를 쓰러뜨리고 전선을 끊어 버리며 골짜기로 쳐들어왔다. 지금부터 자신이 저지를 일을 누구에게도 보여 주고 싶지 않은 거였다. 단비의 이마는 차갑게 식었다 뜨겁게 부풀어 오르기를 반복했다. 이가 부딪치며 턱이 달그락거렸다. 컴컴한 어둠 속에서 소리들이 날아다녔다.

단비는 초를 찾느라 누군가 서랍 여는 소리를 들었고, 누군가 자신을 부르는 소리를 들었고, 누군가의 찬 손바닥이 자신의 이마를 짚는 소리를 들었다. 창고 앞에 세워 둔 트럭이 뒤집혀 굴러가는 소리를 들었고, 유리창과 기왓장이 쏟아져 내리는 소리를 들었고, 닭장이 날아가는 소리를 들었다. 죽은 호두나무가 두 동강 나는 소리를 들었다. 서창 할머니네 뒤란 밭을 쓸어 버린 바람이 사과 밭으로 몰려오는 소리를 들었다. 뽑힌 쇠 지지대들이 창처럼 부딪치며 날아가는 소리를 들었다. 끊어진 강철 와이어가 바람에 우는 소리를 들었다. 사과 알들이 밤하늘로 흩어져 날아가는 소리를 들었다.

괜찮아, 괜찮아, 괜찮을 거야.

단비는 누군가 속삭여 주는 소리를 들었다. 알마와 메이 이모가 자기들의 신에게 매달리는 소리를 들었다. 누군가 숨죽여 흐느끼는 소리를 들었다.

오래된 사과나무들은 늙은 순록처럼 쓰러졌다.

어린 오로라 나무들은 동고비처럼 날개가 꺾였다.

태풍이 모든 걸 쓸어 갔다. 단비의 열도 쓸어 갔다. 거짓말처럼
열이 내렸다.

　세상에 처음 생겨난 아침 같았다. 공기가 티 하나 없이 투명했다. 하늘은 너무 파래 어디가 시작이고 어디가 끝인지 알 수 없었다.

　동강 나 공중으로 치솟은 강철 와이어 끝에 고추잠자리 한 마리가 앉아 젖은 날개를 말리고 있었다. 무당거미가 부러진 오로라 나무 가지를 오가며 부지런히 집을 짓고 있었다.

　엄마와 이모들은 태풍에 날아가 버렸는지 보이지 않았다. 마루는 텅 비어 있었다.

　단비는 사과 밭으로 나왔다. 버드가 따라 나왔다.

　"살점들 같아."

　단비는 바닥에 흩어진 사과 알들을 바라보며 중얼거렸다. 사과 알들이 고랑을 빨갛게 덮고 있었다. 쓰러진 나무들 때문인지 사과 밭 전체가 기우뚱해 보였다. 골짜기도, 자신도, 버드도 다 기우뚱해 보였다.

오로라 다섯 그루에 달려 있는 건 두 알뿐이었다.

"점호 안 해?"

단비는 오로라 두 알에서 눈을 떼지 못한 채 말했다. 덤덤해지려 애써도 자꾸 목이 메었다. 이 모든 게 자기 때문인 것 같았다. 버드의 단추를 숨긴 벌로 태풍이 몰아친 것 같았다.

"점호?"

"날마다 하던 거."

버드가 주춤했다. 얼른 생각이 나지 않는 모양이었다.

"며칠 나 간호하느라 잊은 거야?"

단비는 고개를 돌려 버드를 보았다.

"단비 너……. 너무 창백해 보여."

버드는 숫자를 말하는 대신 엉뚱한 말을 했다. 버드 눈에 눈물이 차올랐다. 단비는 고개를 돌려 버렸다.

"2, 241."

단비가 숫자를 말했다.

"2, 241."

버드가 따라 했다.

"며칠 전만 해도 19였어……."

둘은 한참 동안 말없이 오로라 나무만 바라보았다.

"버드, 사과할 게 있어."

단비는 침묵을 깨며 버드에게 고개를 돌렸다. 이번에는 버드의 두 눈을 똑바로 쳐다보았다. 단비는 주머니에서 냅킨에 싼 걸 꺼내 내밀었다. 버드가 얼떨결에 손을 내밀어 받아들었다. 그걸 제대로 보기도 전에 버드 입에서 어, 어, 소리가 새어 나왔다.

"동굴에 있었어. 호두 옆에."

단비는 자신의 목소리가 동굴에서처럼 울리는 걸 들었다. 눈앞으로 동굴 장면이 빠르게 지나갔다. 핸드폰 불빛이 이리저리 방향을 틀었다.

"바로 돌려줘야 했는데 그러지 못했어. 미안해."

버드가 입을 다물지 못한 채 자신의 손바닥에 놓인 단추와 단비를 번갈아 쳐다보았다. 무슨 말이든 하고 싶은 표정인데 소리가 안 나오는 모양이었다.

"부탁이 있어, 버드."

담담함을 유지해야 하는데 목소리가 갈라졌다. 단비는 입술을 깨물며 마음을 다잡았다.

"버드, 오늘 밤 돌아가 줘."

"뭐?"

순간, 버드의 막혔던 목이 트였다.

"그게 무슨 말이야?"

"어차피 돌아갈 거잖아?"

단비는 버드를 뚫어지게 쳐다보았다.

아니라는 대답을 기다리는 건가? 그런 건가? 단비는 자신에게 물었다. 그런 것 같았다. 버드와 헤어지는 게 싫다니. 자신의 마음이 눈앞의 사과 밭 풍경만큼이나 믿기지 않았다.

"그래도 오늘은 너무 빨라."

버드가 단추를 꼭 쥐며 말했다.

단비는 버드의 주먹 쥔 손을 바라보았다. 다시는 단추를 잃지 않겠다는 듯 주먹에 힘이 들어가 있었다.

"내일부턴 바빠질 거야. 살릴 수 있는 나무는 다시 일으켜 세워야 하고 지지대를 다시 박고 남은 열매를 살펴야 하고……."

단비는 버드한테서 돌아서며 말했다.

"그러니까 며칠 돕고 가겠다고!"

"그러니까 돌아가라고. 정신없이 바쁠 테니까. 그래야 다들 잊기 쉽다고!"

단비와 버드는 오후 내내 한 마디도 하지 않았다. 울어서 부은 눈을 서로 들키지 않으려고 등을 돌리고 앉아 있었다. 그러다 저녁 무렵, 사과 밭으로 함께 나왔다.

246

단비와 버드는 오로라 한 알을 땄다. 살아남은 두 알 중 빨강색이 좀 더 도는 거였다. 사과를 통째로 가져갔다간 토르월드 검색대를 통과하지 못할 거였다. 사과를 반으로 쪼갰다. 씨앗이 다치지 않게 조심스럽게 꺼냈다. 모두 네 개였다. 씨앗을 비닐 랩에 싸 버드 왼쪽 겨드랑이에 단단히 붙였다.

버드는 딱 하루만 더 있다 가겠다고 고집을 부렸지만 단비는 단호했다. 대신 오후 6시가 아니라 자정에 열리는 토르월드 톨게이트 시간에 맞춰 출발하기로 했다. 어른들에게는 비밀로 하기로 했다. 태풍의 충격에 토르월드로까지 충격을 줄 수 없었다.

단비와 버드와 구름이는 사과 밭 비탈에 앉아 밤이 오기를 기다렸다. 풀벌레와 산새 소리뿐 태풍이 쓸고 간 골짜기는 고요했다. 단비와 버드는 아무 말도 하지 않았다. 할 말이 너무 많아 누구도 말을 꺼내지 못했다. 단비와 버드 사이에 엎드린 구름이가 슬픈 눈으로 둘을 번갈아 올려다보았다.

구름 한 점 없는 밤하늘에 달이 떠올랐다. 골짜기가 환해졌다.

버드와 단비와 구름이는 말없이 비탈을 올라갔다. 맨 앞에 구름이가 서고 단비는 버드 몇 발짝 뒤에서 걸었다. 구름이는 가끔씩 멈춰 서서 두 사람이 잘 따라오는지 확인했다. 구름이 꼬리가 축 처져 있었다.

셋은 태풍에 허리가 꺾인 호두나무 옆에 멈춰 섰다. 사방이 탁

트여 이륙하기 좋은 장소였다.

"비행하기 좋은 밤이네."

단비가 말했다.

"좋은 밤이네."

버드가 따라 했다.

버드의 갈라진 목소리에 단비는 왈칵 목이 메었다. 버드, 며칠만 더 있다 갈래? 단비는 자신의 입에서 그 말이 나올까 봐 입술을 깨물었다. 그랬다가는 엄마와 이모들에게 비밀을 지키기 어려울 거였다. 그래도 잡고 싶었다. 비행 슈트 차림의 저 이상한 애를 자꾸 잡고 싶었다.

"이번엔 토르월드에 제대로 불시착하길 바랄게."

단비는 얼른 말을 돌렸다.

"고마워, 제대로 불시착."

대화가 뚝뚝 끊겼다. 둘은 다시 한참 동안 말이 없었다.

"오단비, 우리 다음번엔 폼페뉴에서 만날까?"

"아니, 뉴욕에서 만나."

다시 침묵.

"아무튼 먼저 도착한 사람이 30분은 기다려 주기."

"그러기."

날짜 따윈 정하지 않았다. 그럴 필요 없다는 걸 서로 잘 알고 있었으니까.

"2, 241."

단비가 숫자를 말했다. 안녕이란 말 대신이었다.

"2, 241."

버드가 따라 했다. 안녕이란 말 대신이었다.

버드는 구름이를 안고 한참 동안 털 속에 얼굴을 묻었다. 너무 따뜻해서 눈물이 솟구쳤다.

버드가 비행 자세를 하고 단비를 향해 말했다.

"단비 네가…… 단추를 눌러 줄래?"

둘은 말없이 바라보았다. 눈물 때문에 서로가 여러 겹으로 보였다. 단비는 버드가, 버드는 단비가.

둘은 서로를 향해 고개를 끄덕여 주었다. 그리고 단비는 힘주어 추진 단추를 눌렀다.

버드가 떠오르고 있었다.

구름이가 길게 하울링을 했다.

다시, 토르월드

아빠의 비행 슈트를 벗어 제자리에 걸어 놓기도 전에 버드는 영웅이 되었다. 버드의 부모 말고 누구도 버드가 살아 돌아올 거라고 기대하지 않았다. 지금까지 지구에서 그렇게 오래 머무른 토르인은 없었다. 앞으로도 이런 경우는 없을 거라고 했다.

토르가 최첨단 비행 슈트를 보내왔다. 비행 슈트보다 더 화제가 된 건 토르의 초대장이었다. 격리 기간이 끝나면 자신의 벙커로 초대하겠다는 내용이었다. 토르가 누군가를 자신의 마천루가 아니라 벙커로 초대하는 건 토르월드 역사상 처음 있는 일이었다.

버드네 집 앞에 몰려온 사람들은 토르사 문장이 새겨진 깃발을 흔들며 버드의 이름을 외쳤다. 인파 속에 군데군데 아는 얼굴이 박혀 있었다. 워킹도 보였다. 격리 상태만 아니라면 당장 뛰어나가 워킹을 만나고 싶었다. 하지만 지구에서 어떤 오염 물질을 묻혀 왔을지 몰라 당분간 집에만 머물러야 했다. 부모님도 방호복을 입고 지냈다.

부모님은 몇 달 전 숲에서 봤을 때보다 더 마르고 약해져 있었다. 버드가 바로 눈앞에 있는데도 부모님은 믿기지 않는다는 듯 버드의 뺨을 만져 보고 눈을 들여다보고 안아 보았다. 소리 내 웃다가 조용히 눈물을 훔치곤 했다. 부모님은 번갈아 가며 그동안 있었던 일을 들려주었다. 토르의 도움을 받을 수밖에 없었다고, 아빠가 힘들게 말했을 때 버드는 미안했다. 어쨌든 부모님에게는 쉽지 않은 결정이었을 테니까.

"그런데 왜 널 찾을 수 없었을까? 우리뿐 아니라 수십 개의 위성이 지구를 샅샅이 훑었는데도."

"2023년이니까요……. 불시착한 곳이."

버드는 대답하고 나서 자기가 단비 식으로 말했다는 걸 깨달았다. 넌 언제에서 왔어? 단비는 그렇게 물었었다.

"2023……?"

엄마 아빠는 말을 잇지 못했다. 멍한 표정으로 버드를 바라보기만 했다.

버드는 부모님과 숲에서 마주쳤던 장면을 들려주었다. 얘기를 듣는 내내 부모님 표정은 몹시 혼란스러워 보였다.

"타임 스크류에 빨려들어 시간이동을 경험한 사람들이 있다는 얘기를 듣긴 했어. 아직 증명되지 않았고 과학위원회도 인정하진 않지만. 그런데 우리 버드한테 이런 일이……."

엄마가 믿기지 않는다는 듯 고개를 저으며 말했다.

"그래. 그럴 수…… 있을까? 있겠지?"

아빠가 버드 눈을 들여다보며 중얼거렸다.

몇몇 과학자들처럼 엄마 아빠도 우주 공간에 타임 스크류가 존재할 거라고 믿는 쪽이었다. 하지만 막상 버드가 경험했다는 건 받아들이기 어려운 모양이었다.

"그럼 버드, 그동안 어디 머물렀던 거야? 우리와 마주쳤다는 모래언덕 아니, 숲에서 지낸 거야?"

아빠가 조심스럽게 물었다.

버드는 모두 들려주고 싶었다. 숨겨 온 사과 씨앗도 보여 주고 싶었다. 하지만 사과 밭이 떠오른 순간 목이 막혔다. 아무렇지 않은데, 정말 아무렇지 않은데 말이 나오지 않았다. 부모님은 재촉하는 인상을 주지 않으려 애쓰며 대답을 기다렸다. 하지만 그날 대화는 거기서 끝났다. 쏟아지는 잠 때문에도 버드는 부모님과 더 얘기할 수 없었다.

버드는 격리 기간 대부분을 잠으로 보냈다. 엄마 아빠는 70년의 시차와 공간차를 극복하고 예전의 버드로 돌아오기 위한 자연스런 현상이라고 안심시켜 주었다. 엄마 아빠가 정말 70년을 믿는지는 알 수 없었다.

버드가 돌아온 지 한 달이 다 되어 가지만 집 바깥에서는 여전히 버드에 관한 얘기뿐이었다. 버드가 지구에서 굉장한 걸 가져왔을 거라는 소문이 돌았다. 그게 뭔지 알아맞히는 게임이 등장할 정도였다. 아이들 사이에서는 낡은 비행 슈트가 인기였다. 그런 슈트가 불시착의 행운을 가져다줄 거라고 믿는 거였다. 토르사관학교 교장은 버드가 사관학교 최고의 헌터라고 선포했다. 수업 한번 들은 적 없는데.

오로라 씨앗은 진공 유리병에 담아 서랍에 숨겨 두었다. 부모님은 토르와의 거래를 반대할 거였다.

시차 적응이 덜 된 건가? 지구에서 무기력 바이러스에 감염됐던 걸까? 아니, 거긴 무기력이라고는 없었어. 근데 내가 왜 이러지? 왜 자꾸 힘이 빠지지? 격리 기간이 끝났어도 버드는 집 밖으로 나가고 싶은 생각이 들지 않았다.

버드는 밀려드는 인터뷰 요청을 정중히 거절했다. 신비화 전략이 지나치다는 비난도 있었다. 신경 쓰지 않았다. 워킹한테만은 미안했다. 보고 싶었지만 아직 만나고 싶지는 않았다.

방에 틀어박혀 지내다 심심하면 버드는 홀로그램을 띄워 지구

곳곳을 탐색했다. 폼페뉴를 탐방하고, 북극 해저에 가라앉은 종자 보관소 잔해를 찾아보기도 했다. '단비네 사과 밭'이 있던 골짜기도 얼마든지 찾아볼 수 있었다. 그곳의 경도와 위도를 알고 있으니까. 하지만 그럴 용기가 나지 않았다. 단비와 그곳 식구들을 떠올리는 건 어떻게든 피하고 싶었다.

버드, 돌아갈 때는 알았으면 좋겠어. 네가 여기로 온 이유 말이야. 다른 사람은 몰라도 너만은 그 이유를 알아야지.

피하려 해도 종종 대장 이모 목소리가 들렸다.

이유 따윈 없어요. 운 나쁜 불시착일 뿐이에요.

속으로 투덜대던 자신의 목소리도 들렸다.

버드는 서랍에서 유리병을 꺼내 들었다. 오로라 씨앗을 보자마자 사과 밭과 그곳의 사람들이 떠올랐다. 가슴 한가운데가 벌어지듯 아팠다. 하지만 받아들여야 했다. 여기가 현실이고 사과 밭은 오래전 이야기였다.

"이게 이유였어요."

버드는 창밖 너머 지구를 향해 유리병을 흔들어 보였다. 병 속에서 씨앗들이 달그락거렸다.

버드는 토르에게 오로라 씨앗을 건네는 자신의 모습을 상상했다. 토르를 둘러싸고 있던 특수 안개가 걷히고 토르의 놀란 얼굴이 드러난다. 놀라는 게 당연하다. 멸종된 씨앗은 토르사의 기술로도

257

복원할 수 없으니까. 씨앗은 토르월드 온실 수조에서 싹을 터 사과나무로 자랄 거였다. 영원히 멸종될 뻔한 사과가 이곳에서라도 자라는 것, 사과 밭 식구들도 좋아할 거였다. 다른 사람은 몰라도 대장 이모는 박수를 쳐 줄 거였다. 아빠는 다시 연구소에 들어갈 수 있을 것이고, 엄마는 '대멸종 백과사전'을 숨어서 만들지 않아도 될 거였다. 자신은 '사냥' 일을 하지 않아도 평생 토르월드에서 편안하게 살 수 있을 거였다. 유리병 속에, 그런 씨앗이 하나도 아니고 네 개나 있었다!

"대장 이모, 정말 운 좋은 불시착이었어요."

버드는 창 너머를 바라보며 중얼거렸다.

토르와 만나기로 한 날이 점점 다가오고 있었다.

그날이 가까워질수록 '버드 현상'은 더 커지고 있었다. 일부러 신비화 전략을 쓴 게 아닌데 결과적으로는 그렇게 된 셈이었다. 계속 밀고 나가는 수밖에 없었다. 그래야 오로라 씨앗도 더 조명을 받을 거였다.

방에 틀어박힌 채 버드는 하루에도 몇 번씩 토르와의 만남을 상상했다. 시간이 너무 더디게 흘렀다. 가슴이 벅차오르다 겁이 나기도 했다. 엄마 아빠에게 자신의 계획을 숨기는 게 미안했지만 어쩔 수 없다고 자신을 다독였다. '단비네 사과 밭'을 찾아보는 건 여전히 할 수 없었다. 아무렇지 않은데, 이젠 정말 아무렇지 않은데 불쑥 눈물이 솟구칠 때가 있었다. 울고 나서 유리병을 손에 쥔 채 잠이 들기도 했다.

유리병이 엄마 눈에 띈 건 어려운 일이 아니었다. 엄마가 그 속에 든 씨앗을 알아본 것도 어려운 일이 아니었다.

"버드! 사과 씨앗이야! 사과!"

엄마의 흥분한 소리에 버드는 눈을 떴다. 조심스레 유리병을 감싸 든 엄마가 그 안을 들여다보며 소리치고 있었다. 유리병 안에 든 것이 씨앗이 아니라 티라노사우루스라도 되는 것 같은 표정이었다.

"언제 들어오신 거예요?"

버드는 침대에서 일어나 앉으며 투덜댔다.

엄마 소리를 듣고 아빠까지 달려왔다. 유리병과 엄마를 번갈아 보며 아빠도 믿을 수 없다는 표정이었다. 후우. 일이 복잡해질 것 같았다.

"지구에서 가져온 거예요. 2023년에서."

이렇게 된 이상 털어놓는 수밖에 없었다. 엄마 아빠는 입을 벌린 채 아무 말도 하지 못했다. 엄마 아빠 머릿속으로 타임 스크류, 어떻게 이런 일이? 등등이 휙휙 지나가는 게 보였다.

"그래, 그땐 사과가 멸종되기 전이었으니까."

아빠가 말했다.

"그동안 네 말을 온전히 믿고 싶어도 사실 확신이 없었거든. 이걸 일찍 봤더라면……. 버드, 미안해."

엄마가 말했다.

"그럴 거 없어요. 제가 감춘 거니까."

순간 고요.

씨앗을 감추다니. 평생 그것을 연구해 온 엄마한테. 그것도 사과 씨앗을. 서운할 만도 한데 엄마의 부드러운 표정은 변하지 않았다. 버드가 말문을 닫을까 봐 조심하는 거였다.

"우리한테 감춘 거라면…… 혹시…… 토르?"

역시 엄마는 한 수 위였다.

"맞아요. 거래를 할 거예요. 토르한테 씨앗을 넘기고 제가 원하는 걸 받아 낼 거예요."

이제 더 숨길 필요도 없었다. 머지않아 알게 될 일이었다. 미리 알리는 게 나을지도 몰랐다. 버드는 아빠의 연구원 자격과 엄마의 백과사전 작업에 대해 얘기했다.

"거기다 전 사관학교에 가지 않아도 돼요. 엄마 아빠가 원했던 거잖아요."

엄마 아빠 표정이 차갑게 굳었다. 예상대로였다.

"버드! 이, 이걸 토르에게? 안 돼. 다시……."

아빠가 말을 더듬었다.

아빠의 지독히 슬픈 눈빛에 버드는 가슴이 철렁했다. 아니, 화가 솟구쳤다.

"아빠! 그 불꽃놀이 밤 생각나요? 그때도 지금 그 표정으로 입학을 다시 생각해 보라 했어요. 그렇게 축하받지 못한 앤 나뿐일걸요? 폼페뉴에 가려 했던 건 그래서였어요. 자축이라도 하고 싶었으니까. 엉뚱한 곳에 불시착했고 간신히 돌아왔어요. 근데 아빠는 지금 또 똑같이 말해요. 다시다시다시 생각하라고! 도대체 왜 토르한테 오로라 씨앗을 넘기면 안 된다는 거죠?"

오로라를 발음한 순간 버드 콧날이 시큰해졌다. 대장 이모의 까맣게 탄 얼굴이 보이고 알마 이모의 웃음소리가 들렸다. 메이 이모의 손이 고랑의 풀밭을 훑고 지나갔다. 구름이가 꼬리를 흔들었다. 그리고 단비. 단비가 핼쑥한 얼굴로 단추를 내밀고 있었다.

"오로라?"

엄마가 갑자기 목소리를 낮췄다.

버드는 두 사람을 쳐다보지 않은 채 고개만 끄덕여 줬다. 엄마 아빠 누구와도 눈을 마주치고 싶지 않았다.

"버드, 사과 마지막 품종이 뭐였는지 알아? 오로라였어!"

엄마 목소리가 높아졌다. 버드는 엄마를 쳐다보았다. 최후의 품종이 오로라라니 놀랍긴 했다.

"그랬지. 2-241."

아빠가 침통한 목소리로 중얼거렸다.

순간 버드는 귓속이 저릿해 귀를 감쌌다.

"아빠, 다시. 오로라 뭐라구요?"

"오로라 2-241. 특이한 품종 명이긴 하지."

여전히 슬픈 표정의 아빠 얼굴 위로 단비 얼굴이 겹쳤다. 2-241. 단비가 안녕이란 말 대신 마지막으로 숫자를 말하고 있었다. 그 숫자 두 개는 우주를 통틀어 단비와 자신만 아는 암호였다. 그 암호가 지금 아빠 입에서 흘러나오고 있었다.

"오로라 2-241에 대해 말해 주세요. 엄마 아빠 알고 있는 것 전부. 하나도 빼놓지 말고 전부 다요."

"버드, 괜찮니?"

엄마가 버드 표정을 살피며 물었다. 버드는 울음이 터지려는 걸 꾹 참았다.

"얼른요."

버드가 재촉했다. 엄마 아빠가 번갈아 가며 얘기했다.

오로라 2-241은 지구의 망가진 날씨에 적응하도록 개발한 품종이었다. 한국의 한 농부가 만든 오로라는 수백 개의 사과 품종이 사라지는 동안 지구인을 위로하는 유일한 사과가 되었다. 하지만 오로라 2-241도 멸종을 피할 수 없었다. 뜨거워지는 날씨를 피해

북쪽으로, 북쪽으로 올라가다 최후를 맞고 말았다.

"그럼 야말반도에서 멸종되었다는 사과가 바로 이거라는 거예요? 오로라 2-241?"

"그래."

"그럼 그 농부는요? 그 품종을 개발했다는 농부는요?"

"스윗 레인. 스윗 레인이라고 불렸지."

버드는 침대에서 뛰어내렸다. 가슴이 터질 것 같았다.

"단비예요! 오단비!"

"맞아, 단비, 오단비. 버드, 그분을 어떻게 알아? 연구자들이나 아는 분인데."

엄마가 놀란 눈으로 버드를 바라보았다.

"내 친구니까요."

버드 목소리가 갈라졌다.

단비한테는 한 번도 그렇게 말한 적 없었다. 단비 앞에서 자신은 지구인이 아니라 토르월드인이라고 잘라 말하곤 했었다. 후회와 미안함으로 가슴이 아렸다.

버드는 사과 밭과 그곳 사람들에 대해 얘기했다. 떠오르는 대로 쉬지 않고 얘기했다. 얘기할수록 그리움이 밀려왔다. 견딜 수 없을 만큼 보고 싶었다. 버드 얘기를 듣는 내내 엄마와 아빠도 눈물을 흘렸다.

"그곳에 다시 가 봐야겠어요! 왜 지금까지 그 생각을 못했지? 나 정말 바보 같지 않아요?"

버드는 엄마 아빠를 번갈아 쳐다보며 말했다. 다시 가 볼 생각을 이제야 하다니 정말 바보 같았다.

"버드, 거긴 돌아갈 만한 곳이 아니야. 사과 밭 같은 건 남아 있지 않아. 아무도 살지 않는 모래언덕일 뿐이야. 우리가 보고 왔잖아."

엄마가 눈물을 닦으며 말했다.

맞아, 70년의 시차! 이모들도, 구름이도 세상을 떠났을 거였다. 눈물이 멈추지 않았다.

"그래도 단비는 그 근처 어디 있을 거예요. 이제 할머니가 되었겠네요. 그래도 난 알아볼 수 있어요. 누가 뭐래도 단비는."

예전에 놀렸던 대로 단비 할머니를 제대로 보는 거였다.

"토르한테 거길 특별 구역으로 지정해 달라고 부탁할 거예요. 토르사 날씨라면 예전 사과 밭으로 돌려놓을 수 있을걸요. 와! 엄마, 아빠! 그러려고 오로라 씨앗을 네 개 가져왔나 봐. 세 개는 우리 가족 셋을 위한 거고, 나머지 하나는 단비를 위해 쓰라고. 다 이유가 있었어!"

버드는 눈물을 닦으면서 폴짝폴짝 뛰었다. 대장 이모가 말한 이유가 이거였다. 완벽한 이유였다.

264

"스윗 레인은 만날 수 없을 거다."

아빠의 갈라진 목소리에 버드는 아빠를 쳐다보았다.

"왜요?"

"돌아가셨으니까."

버드는 아빠를 빤히 쳐다보았다.

"무슨 말이에요? 한 달 전까지만 해도 우린 함께 있었어요!"

버드는 자신이 억지 부리고 있다는 걸 알았다. 정확하게 말하면 한 달이 아니라 70년 전이었다. 그렇다 해도 단비가 죽었다는 건 인정할 수 없었다. 그럴 리 없었다.

버드는 엄마에게 도움을 요청하는 눈빛을 보냈다. 아빠 말이 틀렸다고 엄마가 말해 주길 바랐다. 엄마, 제발! 하지만 엄마는 입술을 깨물며 고개를 저었다.

"스윗 레인은 자신을 싸움꾼이라고 했어. 씨앗을 지키기 위해 싸우는 사람."

아빠가 이야기를 시작했다.

"스윗 레인은 날씨와 씨앗을 독점해 가는 토르에 맞서 싸웠어. 씨앗을 모으듯 사람들을 모아 함께 저항했어. 토르의 끈질긴 회유, 끝없는 협박이 이어졌지만 굴복하지 않았지. 토르사 연구실에서 일하던 우리는 그런 스윗 레인을 이해하지 못했어. 아무런 의심 없이 토르를 믿던 때였으니까."

"농부이기도 했지. 영원한 사과 농부."

엄마는 눈물이 흘러내리는 대로 둔 채 얘기했다.

"어떻게든 토르사 날씨가 아니라 자연 상태의 날씨에서 살아남는 사과를 키우려 했어. 괴물이 되어 버린 날씨에서도 살아남는 품종을 만들기 위해 평생을 바쳤어."

"왜 죽은 거예요? 할머니라서? 아파서? 왜? 왜!"

단비의 마지막이 어땠는지 알아야 할 것 같았다. 그래야 믿을 수 있을 것 같았다. 아니, 어떻게든 믿고 싶지 않았다. 엄마 아빠의 말에서 허점을 찾아내 반박하고 싶었다.

"토르가…… 안개를 보냈지."

아빠가 말했다.

버드는 귀를 틀어막으며 주저앉았다. 숨을 쉴 수 없었다. 단비에게 살인 안개에 대해 떠들어 대던 자신의 모습이 스쳐 지나갔다. 서로를 괴물이라고 우기며 다투던 모습이 지나갔다.

버드는 단비에게 소리치고 싶었다. 빨리 도망치라고 소리치고 싶었다. 하지만 아무 소리도 나오지 않았다. 버드는 가슴을 움켜쥐며 무릎을 꿇었다. 가슴 안쪽에서 무언가 갈가리 찢기고 있었다.

안개가 사과 밭 골짜기를 덮으며 내려앉는다. 고랑에 나와 일하던 단비는 묵직하게 내려앉는 안개에 하던 일을 멈춘다. 단비는 곧 안개를 알아본다. 오래전 버드라는 아이가 들려준 그 안개다. 소용없단 걸 알면서도 단비는 숨을 참아 본다. 더 참을 수 없게 되었을 때, 단비는 조용히 사과나무에 기대어 앉는다. 그러고는 눈이 부신 듯 사과나무를 올려다본다.

바람에 흔들리는 이파리들의 마지막 춤.

그 사이로 비치는 빨간 사과 한 알과 나누는 마지막 인사.

마지막 숨.

며칠이 어떻게 지나갔는지 기억나지 않는다.

드디어 토르와 만나기로 한 날이 밝았다. 귀환한 뒤로 버드는 오늘만을 기다려 왔다. 지난 며칠도 마찬가지였다. 기다린 이유가 달라졌을 뿐이다. 오늘 다시 비행을 하기로 했다. 설명할 수 없지만 왠지 꼭 오늘이어야 할 것 같았다. 토르는 벙커에서 기다리다 빈손으로 돌아가게 될 거였다.

버드는 유리병에서 오로라 씨앗을 꺼내 진공 캡슐에 담았다. 캡슐을 왼쪽 겨드랑이에 단단히 붙였다.

격납고 벽에는 토르가 보내 준 새 비행 슈트가 걸려 있었다. 그 슈트를 한참 동안 바라보다 버드는 아빠의 낡은 비행 슈트를 선택했다. 타임 스크류에 걸려들 확률이 새 슈트보단 높을 테니까. 걸려들어 구닥다리 2023년으로 돌아갈 수 있을지도 모르니까. 제발 그때로 불시착해 주길, 제발. 버드는 서둘러 지붕 발사대로 올라갔다.

　운 나쁘게도 스크루에 걸려들지 않았다. 실망했지만, 실망하지 않기로 했다. 눈앞에 펼쳐진 풍경에 실망할 틈도 없었다.

　골짜기는 모래언덕으로 변해 있었다. 단추 수색을 하러 오르내렸던 비탈길은 흔적도 없이 사라져 버렸다. 집이 있던 자리에는 깊은 구덩이가 파여 있었다. 무너진 창고 잔해가 누렇게 죽은 풀과 모래 사이에 흩어져 있었다.

　호두나무가 서 있던 언덕에는 가시덤불이 뭉쳐 굴러다니고 있었다. 서창 할머니네 움막도 사라지고 없었다. 뒤란 텃밭도, 동굴 입구도 찾을 수 없었다. 모래더미 위로 절벽의 일부만 나와 있었다.

　고라니도, 사과 꽃도, 그 위에 쌓였던 눈도, 양수기 돌아가는 소리도, 탄저균도, 붕붕거리던 벌도, 단호박죽도, 사과파이도, 웃음소리도, 빨갛게 익어 가던 사과들도 사라지고 없었다.

　"구름아."

　버드는 소리쳐 불렀다.

　대장 이모. 알마, 아니 알마 이모. 메이 이모. 목이 터져라 불렀다. 숨죽여 귀를 기울였다. 아무 대답도 들리지 않았다. 단비를 부르려다 멈추었다. 대답하지 않을까 봐 두려웠다.

　모래언덕을 달려 내려오다 참지 못하고 단비를 부르고 말았다.

대답 대신 반대편 모래언덕이 무너져 내렸다. 모래가 밀려왔다. 무릎까지 모래에 묻혔다. 어디선가 숨어 단비가 지켜보고 있을 것 같았다. 어쩌면 동굴 아지트에서 기다리고 있을지도 몰랐다. 단비가 어른인 척 굴어도 이번에는 얼마든지 봐줄 수 있었다. 서창 할머니네 심부름도 얼마든지 앞장설 수 있었다. 딱 한 번만 나타나 준다면.

"오단비! 불청객이 왔는데 나타나 줘야 하는 거 아니야! 그래야 하는 거 아니냐고!"

버드의 외침이 모래바람에 섞여 날아갔다. 눈물이 흐르는 뺨에 모래가 날아와 붙었다.

버드는 모래 더미 위에서 죽은 나뭇가지와 날카로운 돌멩이 하나를 주워 들었다. 오로라 나무들이 서 있었던 곳으로 짐작되는 자리로 갔다. 버드는 모래 더미를 파 내려갔다. 밀쳐 낸 모래더미가 자꾸만 흘러내려서 몇 번이나 다시 시작해야 했다. 손바닥에 생긴 물집이 터지면서 피와 모래가 엉겨 붙었다. 드디어 검고 차가운 땅이 드러났다. 그곳에 좁고 깊은 구덩이 네 개를 팠다.

버드는 구덩이마다 씨앗 한 알씩을 조심스레 넣었다. 오래전, 자신이 '단비네 사과 밭'에 불시착한 진짜 이유가 이거였다.

고스빠쥐이! 버드, 이제야 그걸 안 거야?

알마 이모가 놀렸다. 대장 이모와 메이 이모가 웃음을 터뜨렸다.

버드, 나랑 오로라 한번 키워 볼래?

모래바람 속에서 단비 목소리가 울렸다.

오래전 단비가 했던 질문을 이제 버드가 해야 했다.

"단비, 나랑 오로라 한번 키워 볼래요?"

모래바람이 버드의 목소리를 삼켜 버렸다.

"지켜봐 줄 거죠? 우린 모두 자매들이니까!"

버드는 바람에 지지 않으려고 더 큰 목소리로 외쳤다. 단비의 대답은 들리지 않지만 버드는 단비를 느낄 수 있었다. 단비는 어디에나 있었다. 바람 속에, 모래 더미 속에, 마른 풀 속에 어디에나 있었다.

단비를 느끼며 버드는 구덩이 속의 씨앗들을 한참 동안 들여다보았다. 작고 까만 것들도 가만히 버드를 올려다보았다. 검고 찬 흙으로 씨앗들을 덮어 주면서 버드는 그들 하나하나와 눈을 맞추며 말했다.

"살아남을 거야. 우린…… 꼭 살아남을 거야."

멀리 능선 위로 컨테이너 모양의 구름이 생겨나고 있었다. 누군가 토르사의 구름을 주문한 모양이었다.

구름에서 눈을 돌려, 버드는 구덩이를 힘주어 밟았다.

다시, 화양

"수정아."

"응?"

"할 얘기가 있어."

"스토리?"

"우선 이것부터 한 입 먹어 봐. 오로라야."

"오로라?"

"응."

"오오, 오단비 덕에 오로라를 먹어 보는군. 오, 맛있어! 오리지널 오로라 맛이야."

"오로라 먹어 본 적 있어?"

"지금 먹어 보잖아. 스토리 얘기나 해 봐. 설마 단추는 찾았겠지?"

"찾았어. 버드는 떠났고."

"와, 추카! 얼마 만에 끝난 거지?"

"이제 시작이야."

"뭐? 이제 시작이라고?"

"수정아, 넌 사과가 사라지면 어떨 것 같아? 앞으로 영원히 오로라 같은 걸 못 먹는다면 말이야."

"바나나 있잖아."

"사과가 사라지면 바나나도 사라져."

"왜?"

작가의 말

　저는 산이 높고 깊고, 봄 여름 가을 겨울이 꽉 찬 고장에서 태어나고 자랐습니다. 부모님은 농사를 지으셨고, 할머니 할아버지도, 그 윗대의 할머니 할아버지들도 그 일로 살아오셨습니다. 농사는 씨앗에서 시작되는 일이라, 씨앗을 갈무리하고 보관하는 일은 아주 중요한 일이었습니다. 그러니 대대로 농사를 짓는다는 것은 대대로 씨앗을 물려받는 일이나 마찬가지였습니다. 저희 집 벽에는 가훈이 적힌 액자 대신 이런저런 씨앗을 나눠 싼 주머니들이 걸려있었지요. 씨앗이 가훈인 셈이었습니다.

　씨앗을 다루는 사람들은 날씨 전문가이기도 했습니다. 씨앗이 싹을 틔우고 자라는 일이 날씨에 달려있다는 것을 알고 있기 때문이었습니다. 특별한 관측 도구나 장비 없이도 그들은 물려받은 지혜와 관찰과 경험으로 날씨를 예측했습니다. 구름의 모양과 바람의 방향, 새의 나는 모습과 울음소리, 곤충의 이동과 집짓기, 노을의 색깔과 하늘의 빛깔 등등으로 날씨를 내다봤습니다. 때로는 노동으로 단련

되어 온 각자의 몸으로 날씨를 맞히기도 했습니다. 할머니의 아픈 무릎이 더 아파지면 엄마는 얼른 빨래를 걷어 들였지요. 날씨와 사람이 서로에게 잘 길들여져 지낸 시절이었습니다. 부모님과 그 윗대의 할머니, 할아버지들이 농사를 지으며 살아올 수 있었던 것은 예측 가능한 날씨가 있어 가능했습니다. 씨앗을 물려받듯 그런 날씨도 물려받아 가능했습니다.

하지만 이제 하루에도 몇 번씩 기후 위기에 관한 소식을 접합니다. 지금 우리가 겪고 있는 날씨는 제 어린 시절의 날씨가 아닙니다. 다음 세대가 물려받을 날씨는 걷잡을 수 없이 빠르고 무섭게 변해 가는 중이고요. 어느 날 문득, 이런 생각이 들었습니다. 사과가 사라지면 어떡하지? 저에게는 사과가 세상에서 제일 예쁜 열매니까요. 그런 세상이 올까 봐 미안하고 두려워서 글을 쓰기 시작했습니다. 쓰다 보니 더 두려운 쪽으로 결말이 나고 말았습니다. 늘 최악의 상황을 상상하는 저의 오래된 버릇을 떨쳐내지 못한 탓입니다. 결말을 바꿔보려 오래 고민했습니다. 제가 써 놓고도 제가 동의할 수 없었으니까요. 하지만 그냥 처음 그대로 가 보기로 했습니다. 세상이 이 소설처럼 되지 않을 거라는 믿음이 있으니까요. 우리가 두 손 놓고 바라만 보고 있지는 않을 테니까요. 백 년 후에도 화양 골짜기 단비네 사과 밭에서는 주렁주렁 달린 사과가 빨갛게 익어 갈 거예요. 우리는 믿어요. 우리는 알아요.

글을 쓰고 책을 내는 일이 농사와 같아서 혼자서는 할 수 없다는 것을 다시 깨닫습니다. 『오로라 2-241』의 씨앗이 되어 준 친구들을 소개합니다.

경원, 동경, 매구책방, 명희, 미숙, 상순, 상국, 석준, 영은, 영인, 예원, 예진, 용준, 용희, 윤서, 윤영, 은초, 이누아무, 인배, 정민, 종욱, 준배, 찬희, 태현, 현부, 혜선, 효제.

고마워, 고마워요.

부족한 원고에 손을 내밀어 주신 바람의 아이들에 깊은 감사의 마음을 전합니다.

그리고 저의 수많은 질문에 언제나 친절하게 가르쳐 주신 마용운 사과 농부님. 농부님 덕분에 오로라 농사를 시작하고 끝낼 수 있었습니다. 고맙습니다.

2022년 가을에 한수영

오로라 2-241

지은이 | 한수영
초판 1쇄 발행 | 2022년 12월 16일
　　 2쇄 발행 | 2023년 5월 24일
펴낸이 | 최윤정
만든이 | 유수진 전다은
펴낸곳 | 바람의아이들
디자인 | 이아진
등록 | 2003년 7월 11일 (제312 2003 38호)
주소 | 서울특별시 종로구 필운대로 116 (신교동) 신우빌딩 501호
전화 | (02) 3142 0495　 팩스 | (02) 3142 0494
이메일 | barambooks@daum.net
제조국 | 한국

ⓒ 한수영 2022

www.barambooks.net

ISBN 979-11-6210-198-8 44800
ISBN 978-89-90878-04-5 (세트)